O diário do Homem mau

Leonor Paiva Watson

Published by Leonor Paiva Watson, 2018.

O DIÁRIO DO HOMEM MAU

First edition. April 21, 2018.

ISBN: 978-9892084589

Written by Leonor Paiva Watson.

Para o meu Pai, Francisco Paiva Loureiro

para o Tom, Thomas Byron Watson

para o Paulo Alexandre Franco Raposo Mendes Coelho

para o Hélder Paiva

para o Miguel Paiva Watson

para Natércia Paiva Watson

Para todos os amigos

O que aqui relato neste meu diário aconteceu, ontem, pela uma da madrugada, quando a porta da minha cozinha se abriu repentinamente, fazendo estremecer os móveis pendurados na paredes velhas do costume. Eu estava à janela a fumar e ela veio ter comigo, "tu já não me escreves um poema há anos", disse, seguindo-se um chorrilho de tu-não-isto, tu-não-aquilo. Se pudesse fechar os ouvidos e olhar só para a sua expressão, diria que estava a ladrar. Ela também não era a mulher de outros tempos. Não disse nada, deixei-a gritar. Comovi-me, porém, quando, encostada ao frigorífico, escorregou por ele abaixo, e aninhada no chão, desatou a chorar. Soluçava profundamente. Foi-se embora depois, derrotada, quando percebeu que eu não iria abrir a boca.

Passou uma hora, passaram duas, três até, quando fui para a cama mais sossegado, pois já não haveria perigo de voltar ao massacre do tu-não-isto. Queria dormir, descansar os ossos, mas eis que sou acometido por uma urgente vontade de vomitar o que há anos andava aqui entre o peito e a boca.

Levantei-me e numa golfada escrevi:

Foi-se o desejo
nos desencontros do tesão,
ora eu te queria
e ninguém estava,
ora querias-me tu
e eu declinava;
entre papeis vários,
inadiáveis responsabilidades
e contas sem fim,
mais o ranho,
as birras
e a falta de pilim,
matamo-nos em utilidades.
Somos úteis amor.
Apenas úteis.
E depois há sempre um parente doente
ou quase a morrer,

... que vontade de foder?
Coloquei-o no frigorífico. "Aqui tens o poema", sublinhei.
Dormi profundamente.

O que quis da vida nada tem que ver com o meu Destino, que sempre soube de cor. A vida nunca me enganou ou iludiu. Absolutamente claras as suas intenções. Eu é que, ingénuo, primeiro, e arrogante, depois, me convenci do livre-arbítrio.

Seriam umas cinco da tarde, estava sentado no alpendre a esfumaçar, a olhar o campo já cor-de-laranja e a deixar os pensamentos a entrarem e a saírem desordenados, quando, a dada altura, a observar os fardos de palha, comecei a rir. Logo veio a patroa: "de que te ris homem?" Eu nunca respondo à primeira, só para a irritar; e ela insiste, só para me irritar: "de que te ris homem?" É assim que nos amamos. Eu chego para ela e ela chega para mim...e sobra. Depois lá respondi: "rio-me daquele fardo de palha ali, vês?, tão quadradinho, tão ajeitadinho, tão perfeitinho, e do burro a cheirá-lo, a desarranjar tudo, vai, zás, comê-lo." Ela fixou os olhos em mim com uma certa condescendência, pude perceber, como quem pensa que os malucos não se contrariam, mas lá questionou: "vai comê-lo?" "sim, tal e qual o Amor..." "como?" "o Amor, mulher, é como um fardo de palha, veio um burro e comeu." E acabou a conversa.

Passadas umas horas valentes, já depois da janta, da louça que ela lavou e eu sequei, já depois de mais um prego no caixão no alpendre, já depois de peguilharmos um com o outro por tudo e por nada, já depois dos barulhos se calarem, ouço os pezinhos dela, e num tom solene diz a bicha:

"Pois é Homem, 'todo o burro come palha'"

"**P**arece que mais um banco se foi." O frio lá fora fazia sentir-se cá dentro. Entrava pelas frinchas das portas e janelas, mas o dia estava claro e era preciso viver, a terra chama pelas mãos dos homens. Irritam-me as formigas e os seus carreiros. Tão eficientes, e ainda assim, com toda a sua eficiência, qualquer um lhes põe um pé em cima e acaba-se tudo: a metáfora do dever e da compensação.

E foi debaixo de claridade, à vista do Mundo, que tive um ataque de ira, com uma chávena de café a ferver nos calos. A patroa lá teve que aturar. "Parece que mais um banco se foi", "parece que sim", respondeu ela. "Parece que a malta das televisões e dos jornais está muito indignada", "é, parece que sim", "bom, assim não lhes falta o que escrever, enquanto os deixarem escrever", "parece que sim".

"Hipócritas de merda." A partir daqui estava o caldo entornado. É assim que começa, uma frase que nasce de uma vertigem às entranhas e que traz de lá tudo aquilo que precisa ser caos, tudo aquilo que precisa sair, como uma explosão, um esporro.

"Olha mulher, a banca nacional, entre o BPP, BPN e BES e mais o raio-que-os-parta, já deu cabo de milhares de milhões em poucos anos, fora este... e agora é que é, agora é que o Estado, depois deste, nunca mais vai usar dinheiro público para resolver os problemas da banca, agora é que é, dizem. Não são boas notícias? Queres melhor?..."

O vento, o frio, o Mundo lá fora a entrar pela minha casa adentro.

"Agora é que, finalmente, vão ser postos na cadeia uns quantos e apuradas responsabilidades... agora é que nunca mais irá dinheiro público para essa gente... Mas também quantos mais faltam falir? ... Ah, ainda faltam, ainda faltam a alguns vir expor as suas misérias, e vão sair da toca a fingirem-se de coelhos assustados, mas convencidos, completamente seguros de que, entre uma corrida e outra, encontrarão sempre uma cenoura ou o que quer que seja que lhes apareça à frente. Os coelhos comem tudo. Fodem tudo e depressa... mas são fofinhos."

A patroa olha para mim, vê a raiva na minha expressão, a dor de um homem que tanto quis gostar de gente. A patroa é boa, atura-me a amargura, a necessidade de me isolar e viver apenas entre a terra e o mar. Cada vez mais gosto de menos gente, cada vez mais gosto de menos de gente. A patroa é boa e gente boa a gente conserva, que há pouca... Continuei, continuo, assim, no meu virulento ataque:

"dizem que, por ora, senão os apoiarmos, ainda é pior para todos nós, os outros, as formigas que em carreiro lá prosseguem, cheirando o cu umas às outras, enquanto uns roubam, outros ajudam, outros fazem de conta que não viram, outros fazem-se de moucos aos avisos de fora, outros depois mandam abrir comissões de inquérito para se fazer de conta que alguma coisa está a ser feita... e outros ainda mandam os diretores de jornais escrever isto e aquilo, com estes a mandarem uns 'taditos' fazerem umas perguntas e assistir a horas intermináveis de comissões estéreis... até já estarmos todos tão cansados de barulho que começamos a bocejar e queremos ir dormir. 'Ó Maria, apaga aí a tebisão, que já cabou a nobela'. E pronto..."

[silêncio]

"Mas a culpa da crise, de todas as crises, é do Estado Social, dizem. E do povo, que é preguiçoso." "... que interessa à malta que a produtividade por trabalhador português tenha aumentado, entre 1961 e 2011, 5,37 vezes, e que, ainda assim, tenhamos chegado a um ponto em que praticamente metade da população activa esteja ou desempregada ou em precariedade? Que interessa isso? Nada. Olha, é outra vez a história do velhote, do cínico, como se chamava o gajo?, o Cesariny, esse, pois, dizia ele que 'afinal o que importa não é haver gente com fome, porque assim como assim ainda há muita gente que come'... e como come... Prémios de milhares, milhões de euros, prémios aos gestores e à sua gestão... E as formigas no carreiro, cheirando o cu umas às outras, lá pagam os prémios, que ´viver não custa, o que que custa é saber viver'.

[silêncio]

"Mas o problema do Mundo Ocidental não são os bancos, dizem os entendidos, é o Estado Social. O Estado Social é que fode isto tudo, Maria, não sabias? A espécie humana está perdida, somos abaixo de merda. Pois aqui o que penso Maria: se a Segurança Social não for descapitalizada e se se protegerem as relações laborais, o Estado Social, é sustentável, sim senhor. Ide roubar o caralho!"

Por este altura já estou aos berros, o café a saltar da chávena, gelado já. Quando chego aqui já ninguém tem permissão para interromper. Chegado aqui, vai tudo à frente. É como se uma força me fizesse crescer por dentro e por fora, até explodir e me minguar outra vez, em lágrimas de criança desapontada.

"Pois se despedimos gente com 50 e 60 anos e as levamos para a pré-reforma e se substituímos estes trabalhadores experientes, efectivos, que descontam para a Segurança Social, por trabalhadores precários, estamos a descapitalizar a Segurança Social. Isto sim, coloca em causa a sustentabilidade da Segurança Social, do Estado Social, do país. O que põe em causa a sustentabilidade do país não é o Estado Social, é a banca! O que põe em causa a sustentabilidade do país é acabarmos com a classe trabalhadora, que é, como quem diz, com a classe média. É como disse lá a bifa, a Margrethe qualquer-coisa, 'os bancos não podem ser mantidos artificialmente no mercado com dinheiro dos contribuintes'".

A patroa pede que me acalme. "Homem acalma-te, vá lá. Estás a deitar o café fora." Não ouço. Não ouço mais nada. Ela anda de um lado para o outro, a abanar a cabeça.

..."Já para não falar da transferência dos fundos de pensões da CGD, da PT, da Marconi, da ANA; dos fundos de pensões da banca; dos subsídios da Segurança Social a lay-offs; e desta grande treta que são os programas de emprego, que permitem às empresas contratar gente a tuta-e-meia. Tudo isto durante anos, anos, deu cabo da Segurança Social, do Estado Social, e tudo isto para proteger determinados grupos, mas não o povo, as formigas, que, cheirando o cu umas às outras, bebem e batem nas mulheres para esquecer. Porque tirar uma fotografia era mau de mais..."

[silêncio]

"E depois vêm com a conversa de que os idosos têm vindo a aumentar, bla, bla, bla, e que os reformados aumentaram também, bla bla bla, esquecem de dizer que o número de trabalhadores activos ao longo de 40 anos também aumentou. As mulheres entraram de forma massiva no mercado. Ou tu, Maria, não foste todos os dias para a tua 'fábrica' durante 35 anos? A produtividade por trabalhador aumentou, foda-se. A Segurança Social, o Estado Social, têm como ser sustentáveis. O que não é sustentável é andar a pagar os vícios de meia dúzia, só porque esses controlam os vícios de outra meia dúzia. O que não é sustentável é que à conta disso nos lixem agora os empregos."

[silêncio]

"O que não é sustentável são os milhares de milhões que nos enfiaram goela abaixo, à custa dos nossos salários, dos nossos filhos que emigraram, dos outros que estão no desemprego e metade sem qualquer apoio, dos que se suicidaram, dos que vivem a contar tostões, dos 70 mil velhos que ficaram sem o Complemento Solidário não-sei-de-quê nos últimos anos, das escolas que fecharam, dos que morrem no SNS porque não se pode ficar doente ao fim-de-semana. O que não é sustentável é ouvir cabrões a dizerem que é preciso 'pensar positivo'. O que não é sustentável é que os banqueiros e os empresários que, pedra sobre pedra, com calotes monumentais premeditados, trouxeram o país até aqui não estejam presos. E que sejamos nós a pagar. Puta-que-os-pariu mais a ditadura do 'pensar positivo' com os bolsos e o frigorífico vazios. Pois, é como diz o outro velhote, o Nassar, 'é requinte de saciados testar a virtude da paciência com a fome de terceiros'. Esse é que fez bem, fartou-se de porcos e foi criar galinhas..."

[silêncio]

"Mas sabes mulher, pode sempre ser pior. Há 800 milhões no Mundo a passar fome e há a guerra e os refugiados, coitadinhos, e nós não temos nada disso... Pode sempre ser pior mulher, olha o que passa lá longe, e disso a gente pode falar, é lá longe. É o horror, o horror, lá nisso concordamos todos. É o horror..."

[silêncio]

"Vamos acabar o café, não é Maria?"

Eternizo nestas folhas a madrugada de ontem.

As noites são frias e longas, doem-me os joelhos e julgo ouvir a patroa dormir no quarto ao lado. Estamos casados há 40 anos, desde 11 de Janeiro de 1976, ela doce, o melhor do Mundo nos outros, eu amargo, o resto do Mundo em mim. Ela quer amar, eu afastar. Ela procura o meu amor e eu digo que só tenho dor, ela pede-me poemas, eu escrevo-lhe palavras duras que rimam. "Estou seco", digo, "parece que sim", responde. Ela aguenta. Eu aguento as saudades que tenho dela. Ela pôs-me fora do quarto há mais dias do que uma vida inteira pode suportar. Ama-me, mas precisa de paz, e eu digo que quero paz, mas preciso dela.

A noite traz a infância, o tempo em que eu era como ela. E fui tanto tempo ela. E ontem fui dela e ela minha. O doce e o amargo, a luz e as trevas, a vida e a morte, o céu e o inferno. A tempestade em alto mar. Os pezinhos, sempre os pezinhos dela, que eu ouvi ainda no início do corredor, depois mais perto do meu quarto, e finalmente perto da cama...

Veio cobrir-me e de passagem passou a sua mão na minha cara, as unhas levemente no meu pescoço, um dos dedos na minha boca e, acreditando que estaria a dormir, num gesto mais aventureiro, enfiou-se nos meus cabelos. Agarrei-lhe no braço, elevei-o e apertei-o com força. Assustada pensou que a estava a rejeitar e eu segurei-a assim por segundos, fitei-a e puxei-a depois para mim. "Vou torturar-te, falar-te de como o Mundo é mau, dos sacanas que controlam isto tudo, de como muitos de nós vamos morrer de fome e ainda de como os restantes vão morrer de cancro, ou no limite, em colectivo, asfixiados sem ar", sussurrei-lhe. "Deixa-me, deixa-me homem mau", "se sou mau, vieste aqui fazer o quê?", "nada", "não sais daqui, vou devorar-te, comer-te, sugar-te o sangue, a inocência", "execrável, cínico, azedo", "burra, sua burra, que vens tu fazer ao quarto do homem mau?" Ela esperneava, agarrei-lhe os braços e pu-la depois debaixo de mim, bem juntinha ao meu corpo a ferver, mas afastando-a com a crueza da minha crueza, até que os meus olhos encontraram os dela...

Quarenta anos, nem ela é já tão doce, nem eu assim tão mau, senti. A minha boca desceu então à dela e num beijo, longo, eterno, a Ressurreição: Eu, estrogénio e testosterona. O Amor. Próprio.

Veio aqui hoje ao meu quarto perguntar se eu a amava. Não respondi e ela insistiu. Após longo silêncio com ela à minha frente especada, atirei citando Garrett, que a queria de um querer bruto e fero, mas que o amor vinha da alma e eu na alma tinha calma. "Sua besta", retorquiu. "Eu sou uma alma de Hades, saio das cavernas do submundo só para beber a vida eterna a que estou condenado e volto, deixa-me, mulherzinha, deixa-me", berrei-lhe. "Maluco!" e bateu com a porta...

Ela pergunta-me se a amo e eu lembro-me das tardes inteiras que passava trancado num quarto escuro sem janela quando era criança, das tareias por razão nenhuma, da inocência, do abandono. Ela pergunta-me se eu a amo e eu lembro-me das traições. Ela pergunta-me se eu a amo e eu elevo-me e vejo a fome e a miséria no Mundo e isso tudo em mim. Amo, e depois? É álcool na ferida que sou. Sangue, chaga aberta, profundezas, prisioneiro de Tártaro.

Ela pergunta-me se eu a amo e eu lembro-me da primeira traição e da última, e das décadas entre cada uma. Das traições depois da derradeira, aquelas que não doeram já, que resvalaram no risível da sua própria essência, no riso de um homem marcado a tridente.

Quando vejo um homem mau reconheço-o a léguas, normalmente, são só mauzinhos, ladrãozinho pequenino, ora de almas, ora de matéria alheia, mas cheios de pavor de perderem a caça. Nenhum deles chegou ainda ao Inferno, só quem lá chega nunca mais tem medo. Só quem olha a miséria, a traição, a solidão, a violência, a doença e a morte no fundo dos olhos ganha asas negras. Eu tenho asas negras. Esse é o verdadeiro homem mau e se acaso encontrar um, nunca encontrei nenhum, presto-lhe deferência, "olá irmão", em silêncio. Não somos muitos, temos o dom da invisibilidade, e não nos cumprimentamos em público. Vamo-nos lendo...telepaticamente.

Quando ela me pergunta se a amo, amo. Amo sempre. Só ela me redime. Ela o Bem, eu o Mal. Juntos um só, exemplar de cada um dos milhões que povoam este ponto meticulosamente colocado no Universo, o (des)equilíbrio em que assenta a Equação.

Só eu a ergo, só ela me salva...

A patroa quando gosta de uma pessoa trata-a pelos apelidos. A mim chama-me Paiva Watson. Pela manhã, colocou-me debaixo da porta um envelope fechado, e um bilhete que rezava assim: "Paiva Watson, vou passar dois dias fora, não te consigo aturar. Antes de sair, aspirei, limpei o pó, fiz uma máquina de louça e duas de roupa. Mas agora arrumas tu a louça e colocas a roupa no sítio. Desenrasca-te. Maria Leonor. PS: Come bem, não fumes muito e não bebas."

Antes de abrir o envelope, vesti o robe e fui ver se ela levou a mota. Vi que sim, a velha louca que me aguenta há 40 anos, quando já não me suporta, pega naquele bicho e desaparece dois e três dias. Voltei para dentro, a casa impecável, fiz um café e sentei-me no alpendre a olhar para o campo. Havia luz e senti uma rara paz. Consegui ver a minha velhota em cima da mota, charmosa, com os cabelos grisalhos ao vento, e não evitei sorrir. Saudade. Luz, ausência de jornais, isolamento e um café quente para aquecer a minha alma amarga.

Depois decidi tirar o robe e ir tomar banho no chuveiro lá de fora. A água gelada a descer pelo corpo esquálido apressou uma resolução: iria passar o dia nu. E assim foi, largado entre um cigarro e outro, os meus pensamentos e duas batatas doces assadas, nem à terra fui, o campo ficou para amanhã. Não fiz nada. Não quis saber se mais um banco faliu, se a TSU baixou para as empresas ou se o buraco do ozono aumentou. Andei nu.

Agora, enquanto escrevo isto, lembro a velhota, a paciência dela, o riso dela, o rabo rijo dela... e parece-me que a noite vai acabar com a minha mão em rigorosa disciplina. É como diz meu eterno Nassar, o quarto é uma catedral, onde, "nos intervalos da angústia, se colhe, de um áspero caule, na palma da mão, a rosa branca do desespero"...

Amanhã abro o envelope.

A morte dói e dói devagar.

A velha ainda não voltou e eu não quero ainda escrever grande coisa sobre o que vinha dentro do envelope. Tenho passado estes últimos dias de Janeiro a podar as árvores e a arrumar a lenha. O campo mói, mas sossega o ímpeto. Os ramos despidos e os fins de tarde, quando os animais se recolhem e os pássaros procuram abrigo, trazem-me as memórias. Fico eu e o silêncio.

Hoje lembrei-me de uma namorada da adolescência, dos tempos em que eu estudava na capital, que adorava estorninhos. Ficava a olhar para eles e repetia que a zona ribeirinha de Lisboa albergava um dos maiores dormitórios a nível nacional, e, vá-se lá saber a razão, sempre que falava dos estorninhos começava a cantar a Doralice do João Gilberto: "Doralice, quem foi que te disse que amar é tolice, bobagem, ilusão", depois continuava a melodia, mas a assobiar. Sempre tive queda para malucas. Soube dela 15 anos mais tarde, ainda arrancamos umas gargalhadas juntos e depois perdi-a de vista.

Vivi em muitas cidades, conheci centenas de pessoas até me isolar aqui. Perdi a maior parte pelo caminho e, verdade seja dita, não se perdeu grande coisa. Mas perdi duas ou três que deixaram um vazio enorme, um buraco por onde entra o frio do Inverno que me dá cabo dos ossos.

Estou só há muitos anos, talvez desde sempre, mas faz-me falta a patroa. Diz que está cansada do meu azedume, dos meus ataques de ira, que sou um terrorista emocional, que precisa de paz, que o coração dela não aguenta a minha razão, que, talvez, ao contrário do que dizia no bilhete, fique por fora mais tempo do que os dois ou três dias adiantados. Já vai em dez...

Eu, Marte, senhor da colheita, da impulsividade e da guerra estou sem a minha Vénus, com quem vivo relação turbulenta e adúltera a desafiar Vulcano, fogo da vida. Tê-lo-ei perdido de vez, o Amor? Virá Júpiter em nosso auxílio, resolver este ângulo de 180 graus, esta dolorosa oposição? Haverá rectângulo místico, ou dedo de Deus, que nos pacifique?

O álcool já escreve por mim, "patrão fora, dia santo na loja." É melhor apagar a luz ou daqui a pouco tenho aqui os deuses todos, os romanos e os gregos, mais filósofos e poetas, em alarve orgia...

Não encontro "Portugal, Hoje - O Medo de Existir", do José Gil, e já estou fodido. Do que mais me irrita é não saber dos meus livros. Da cidade foi o que trouxe: umas largas centenas deles. Relativamente à maioria das coisas, estou-me cagando, mas exijo saber onde está cada livro meu, e quando ela mos muda de sítio fico possuído. Já andei ao pontapé e à mocada às estantes.

Não encontrei o que queria mas encontrei "A Arte de Viver" do Epicteto e, como sempre faço, abri-o ao acaso e esbarrei nesta frase:"é sinal de pobreza de espírito gastar muito tempo com assuntos que digam respeito ao corpo, tais como muito exercício, muita comida, muita bebida, defecar ou praticar o coito com frequência." Enfim...

À parte do defecar, que me parece um imperativo biológico incontornável, tenho para mim que, mais tarde ou mais cedo, todo o homem deixa de dar importância às coisas que o filósofo refere, pois todo o Homem faz voto de pobreza, obediência e castidade, quer queira ou não. O meu de pobreza foi quando me vi sozinho a suportar financeiramente uma família durante anos. O de obediência foi quando me morreu o melhor amigo nos braços, aí a gente sabe quem Manda, os joelhos dobram e "seja feita a sua vontade, a Sua Vontade, assim na Terra como no Céu". O da castidade vem com o da obediência: acorremos às exigências da vida, reduzimo-nos a úteis, e com o chorrilho de mentiras que vamos ouvindo a cada esquina, aprendemos a evitar o sentir, ou melhor, o pesar do sentir.

Não percebo a pertinência de Epicteto em referi-lo. Não vejo onde esteja a necessidade de querer limitar precocemente o que a vida acabará por limitar. O mesmo digo das religiões, sempre a carência de controlar as massas, e de se meterem naquilo que só a cada um diz respeito. Tenho para mim que o Homem jamais conseguiria trocar a sua individualidade, que é o que o distingue dos restantes animais, pela natureza de uma formiga, que não existe sem a repetição exacta do que fazem as companheiras de carreiro... Claro que muitos de nós fazem bem de conta que são formigas, mas deve ser por isso que existem palavras como "falsidade", "conveniência" e "neurose".

Enfim, há toda uma vontade de contrariar a humanidade, de acabar com a sensação e criar a perfeição, que me indigna deveras... E que tem Deus que ver com isto? Com esta prepotência dos homens, das religiões, das igrejas? Nada, me parece.

Termino fodido porque ainda não encontrei o livro que queria, mas recordo uma frase de Epicuro, na sua "Carta Sobre a Felicidade": "Todo o Bem e todo o Mal residem na sensação, e a morte é a erradicação das sensações". Só a morte. Morremos é, muitas vezes, antes de o corpo falir... não valerá a pena, portanto, tanta preocupação por antecipação.

Continuo sozinho, trato do campo, vou lendo e escrevendo. A velha não manda notícias...

Vou defecar.

Dia de eleições presidenciais.

Fui votar. Desenhei um gato persa no boletim e ainda ponderei roubar a urna para fazer de vaso, mas depois pensei que já não tenho pernas para correr. Sobre o resultado não há muito a dizer, "numa terra de cegos, quem tem olho é rei" e quem tem os dois é louco.

53% de abstenção, os novos estão a cagar-se, arrastam-se os velhos pelos corredores da escola, mirando as velhas, "então Rosa, ouvi dizer que enviuvaste", "é verdade, já lá está, Zé", "mas ficaste com uma pensãozita, não?", "fiquei foi com despesas", "é a vida Rosinha, vá, gosto em ver-te". Mais à frente: "Zé, tu não estás viúvo?, a Rosinha também ficou", "Coitada, é só despesas, Quim, nem com pensão ficou", "diabo, isso é que é mau", "vá, gosto em ver-te". A generosidade da terceira idade sempre me comoveu.

Enquanto segui o périplo do Zé à procura de cara-metade com uma pensão, perguntei-me em quem teria ele votado, lamentando não me ter esmerado o suficiente nos bigodes do gato.

Já de saída, encontrei um conhecido. Levei com a retórica do sucesso. Ele, um verdadeiro homem de negócios, com ideias sempre geniais, tinha acabado de saber, a um domingo, que um projecto seu tinha sido o escolhido entre centenas. Já no portão, quase livre daquilo, encontro mais uma alminha e fiquei a saber que, afinal, o projecto do outro tinha sido aprovado por um primo afastado do seu patrão. Deve ser a isto que a malta se refere quando fala de "networking". À parte o cheiro, pouco inglês, não era muito diferente na cidade.

É todo um país empreendedor e com um profundo sentido estético.

Agora que escrevo, sinto-me exausto. Pouco comi. Recordo a carta da patroa, não me sai da cabeça que me chamou de tirano: "...durante anos, quando eu sofri de dores horrorosas, obrigaste-me a tomar quatro e cinco comprimidos para ir trabalhar", "... e quando não havia muito gás, tomava banho de água gelada", e outras pérolas.

Eu obrigava-a a ir trabalhar, mas fui eu que sustentei a casa sozinho. Uma família inteira, mais os apêndices que a Maria Leonor, advogada dos aflitinhos, me trouxe de prenda.

Quatro décadas, sim, mas com separações prolongadas, uma delas sete anos, período em que estive com uma insular, viciada em jogos de computador. Um dia, já depois de apartados, de eu ter recuperado o juízo, vivendo novamente com a velhota, esta chegou-me muito inquieta porque tinha encontrado a outra, a insular, e aquela, "coitadinha", estava "a passar muito mal". Trouxe-a para nossa casa e, por uma eternidade, eu levei com a mulher e a ex-mulher no mesmo espaço, uma espécie de tiro-liro-lito e tiro-liro-ló.

Lembro-me de uma manhã de sábado que traduz bem a loucura desses tempos. "Bom dia Maria, estás bem?, pareces preocupada", "estou a reflectir nas 'Afinidades Electivas' de Goethe". Se estivesse preocupada em ajudar-me a pagar a conta da luz, pensei. "Bom dia Guiomar, estás bem?", "agora nô posso falare, tô a travar uma guerra nu espaço", "certo". "Bom dia filhota, como correu o ditado de ontem?"; "muito bem pai, só tive sete erros", "só sete?". "Bom dia filho, então já sabes quanto é vinte menos dezanove?", "Siiiiiiim, dois".

Era toda uma família empreendedora e com um profundo sentido estético...

Passei o dia no campo, há laranjas e limões com fartura, a terra não trai. Só entrei em casa noite cerrada, tenho agora a lareira acesa, comi uma sandes de presunto e, antes de vir enfrentar a folha branca que purga os demónios, passei os olhos num livro que a Maria gosta, "Cartas a Sandra", do Vergílio. "Mas às vezes o calor crescia em mim e eu tocava-te no teu sono para te acordar sem te acordar, não sei. E tu acordavas realmente, tinhas o sono leve, e dizias-me em voz breve hoje não. Mas de outras vezes rolavas devagar sobre ti e eu sentia o teu braço à roda do meu pescoço, a minha mão crispada mas suave pelo teu corpo, e eu despia-te devagar e o milagre terrível acontecia como se só então acontecesse", sublinhou ela.

O Amor, Maria. Sempre o Amor, não é Maria? As coisas que podemos ficar a saber dos outros pelo que eles sublinham... Um livro é um lugar de segredos. É assim o meu desassossego, depois de moer o corpo lá fora, regresso à periferia da vida, passeio-me pelas estantes, encontro papeis, pequenos escritos, poemas, listas de compras, de objectivos. Apareces tu e perscruto tua alma em ínfimos detalhes. Aparecem as causas. Apareço eu, o homem mau. A noite silenciosa transforma-se em tango.

Hoje lembrei-me da minha mãe, dos olhos dela, negros, atentos. Falava pouco e com frases curtas. Certa vez, a observar os lânguidos sorrisos que a cria mais velha deitava ao rebento do caseiro, atirou-lhe "minha filha, a cara defende o corpo". Eu era pequenito, mas nunca esqueci a gravidade do tom. Em outra altura, ouvindo o meu pai queixar-se, respondeu a um "a vida é muito curta", com um "mas parece comprida para quem passa fome". Ainda numa outra, depois do velhote lhe dar cabo da paciência, ela, rigorosa, e arremessando uma faca que deu voltas no ar e foi cravar no móvel mais alto da cozinha, fitou-o e disse "quando eu morrer, ficas melhor". Morreu com 39 anos.

Acordei sobressaltado com a Peceguina aos murros na porta. Fiquei logo virado e estive quase para a receber nu, já que a pressa era tanta. "Senhor Paiva Watson, a sua mulher telefonou lá para casa, diz que tem ligado para aqui, mas que o senhor não atende. Aconteceu qualquer coisa com a mota e ela está numa residencial nesta morada, ainda é longe, diz que precisa que vá buscá-la, está sem dinheiro", "sim senhora". Peguei no papel e virei costas. Ainda a senti imóvel, mas depois foi-se.

Tirei o telefone do gancho. Continuo irritado, mas não me apetece dissertar sobre isto.

A meio da tarde fui à vila comprar madeira para renovar a cerca. Assim que paguei, pensei na facilidade com que o fiz. Há uns anos, teria que esperar meses para o poder fazer. "O dinheiro é belo, porque é uma libertação", afirmou Bernardo Soares. Vivi metade da minha vida à procura dele, como Diógenes de um Homem. O que me custou ver a casa onde cresci e tudo à volta ser carcomido pelo Tempo. O que me custou não poder pagar explicações de Matemática à minha filha. Encher o frigorífico. O Tempo...o tanto que leva e o que deixa ficar.

Passam-me pela caneta todas as coisas, todas as pessoas, é sobre o Coelho que quero escrever. Fomos amigos desde miúdos até se finar. Tínhamos longas conversas. Com ele falei sobre o facto de não ter memória de um grande período da minha vida após a morte da minha mãe. "Paiva, tu tens essa merda bloqueada. Se algum dia perdes alguém de quem gostas, estás lixado, vem tudo cá para fora. Paiva, eu até tenho medo que enlouqueças."

Foi ele. Foi-lhe diagnosticado um cancro no pulmão e apagou um mês depois. Em 28 dias, e por causa da metástase no cérebro, deixou de ler, de ver e de falar. Morreu num sábado de frio. Primeiro a respiração ruidosa de quem puxa por tudo o que resta, depois o corpo a levantar-se em força bruta, o esgar, a dor do Mundo num só rosto, e a queda livre para trás. O abraço, a espera instintiva. O corpo levanta outra vez, a queda amparada, o fim... às 12.45 horas.

Nas horas que se seguem é preciso tratar de tudo. A morte é escondida, os outros seres humanos, quando em países com paz, não podem saber que vão morrer também. Há uma ilusão a manter. Nos hospitais os cadáveres são cobertos com lençóis, transportados em absoluta discrição para locais próprios, a família deve providenciar imediatamente o funeral, há facilidades no pagamento, são depois velados em sítios fechados, e no enterro o caixão só é aberto pouco antes de descer à terra.

Tombou um dos bons. Todos os dias, milhares, sem abraço, a atravessarem oceanos ou países desconhecidos. Para esses não há lençol branco ou caixão, só pó...

Durante meses não dormi, apanhei bebedeiras descomunais, fui às putas, fiz novas amizades, proibi a Maria Leonor de chorar à minha frente, não deixei de trabalhar, nem de pagar as contas. Sim, fui um tirano. Construí, obcecadamente, vida em cima da morte. Num desses luares mais difíceis, pedi à patroa que me emprestasse a mota e, madrugada alta, raspei asfalto a 150 quilómetros. Muito perto de uma curva senti que podia escolher. Entrei em casa duas horas depois.

Mas à noite, quando a Maria dormia, eu ouvia os passos da morte, "sóis pó, e em pó vos haveis de converter".

"Deixa ver se percebi, sua excelência está farta do tirano", "isso mesmo"; "sua excelência entende, então, que é tratada como cidadã de segunda", "isso mesmo"; "sua excelência acredita que eu lhe reprimo os sentimentos", "isso mesmo"; "que eu sou uma espécie de fascista da razão", "isso mesmo"; "isso mesmo o diabo, fala como gente grande!"

A bicha dirigiu-se a mim em passos contados a bater com as solas das botas, encarou-me sem desvios, abeirou-se do meu rosto e perguntou transfigurada: "diz-me idiota, não consegues conversar como gente civilizada?" Que vontade de a esganar.

A filha-da-putinha a fazer-me frente.

"Aqui o tirano é que te pagou as contas quando o que tu trazias para casa não dava nem para pôr na cova de um dente", "tu..."; "CALADA, agora quem fala sou eu. Sua excelência teve oportunidade de mudar de carreira, de ganhar mais, quem sabe até gostasse mais, mas, tadinha da menina, tinha paixão pelo que fazia e, à conta da paixão, eu tive que engolir sapos do tamanho de elefantes, receber ordens de gente que sabia menos do que eu, levar com a arrogância e a prepotência de ignorantes de pai e mãe, mas a menina não queria mudar, estava apaixonada". "Deixa-me expli...". "CALA-TE, já disse que agora quem fala sou eu. Quando tu chegaste a casa com a novidade de que ias acolher o camafeu da minha ex-mulher, porque, coitadinha, estava muito mal, eu não fui tido nem achado, nem piei, paguei, ouviste, paguei; a rapariga estava muito mal, tadinha, e vossemecê, defensora dos desvalidos, em vez de ir à Segurança Social, ou à puta-que-a-pariu, atirou aqui para o tirano. Fascista? E tu és o quê? Alguma vez me consultaste para alguma coisa? Alguma vez pensaste duas vezes?" [Silêncio] "Andava na rua e quase que conseguia ouvir os vizinhos a dizer que 'ali o Paiva, duas mulheres, o garanhão' e eu nem uma comia, andei meses com a cabeça no chão à conta da generosidade de sua excelência, até ao dia em que tive de partir os dentes a um, e a partir daí nunca mais me preocupar. Foram anos, ANOS!, a levar com esse filme, entrava em casa e via as meninas em amena cavaqueira, as melhores amigas, o tiro-liro-lito e tiro-liro-ló, sentadas à esquina a dançar o so-li-dó, não era? E quando eu chegava ainda ia preparar os lanches das crianças para o dia seguinte, as roupinhas, e corrigir os trabalhos de casa, porque a senhora dona Maria Leonor tinha muitas dores nas costas. O que era feito de ti, Maria Leonor, a generosa, se não fosse a minha raiva, a tirania da razão? Levantavas-te? Sua pateta, eu obrigava-te a tomares comprimidos para não perderes o emprego, porque tu estavas apaixonada pelo que fazias, lembras-te? E se tu tomavas banho com água gelada era porque o gás não esticava, e tu tomava-lo no fim do mês, o tirano o mês inteiro."

Sentei-me, esgotado. E eis senão quando ouço: "Cabrão!"

Ergui-me e, pela primeira vez em quarenta anos, a minha mão levantou-se. Mas a bicha agarrou-ma ainda no ar, torceu-ma, vergou-me o corpo até quase ao chão, e, olhando-me fundo nos olhos, eu vi o Paiva Watson de dentes arreganhados, "não se acorda um cão que dorme"... Sentou-me à força numa cadeira e berrou: "AGORA, ouves tu!"

"Sim, minha besta, a tua raiva pagou casa, comida e roupa lavada. Sim, a tua raiva manteve o teu e o meu emprego, sim, a tua raiva fez com que nada faltasse aos miúdos, a tua raiva obrigou à limpeza, à organização, a tudo no seu devido lugar, como num quartel general, a tua raiva foi o que muitas vezes nos salvou, sim", "julguei que...". "CALADO, agora quem fala sou eu! Mas a tua raiva foi-te secando e quase secava tudo à volta. Tu fazias os lanches da escola dos meninos e arrumavas as roupas deles como um autómato, mas era eu que arranjava quinze minutos para os abraços, que lhes fazia cócegas nos pés, que dizia maluqueiras, que dançava com eles da forma mais doida, que fazia manguitos a conduzir até eles se perderem de riso porque não é suposto uma mãe fazer manguitos, que lhes dizia 'tu és o meu filho favorito', 'tu és a minha filha favorita'." [Silêncio] "Sim, a tua raiva manteve a casa de pé, mas se ias trabalhar, depois de chamares nomes feios aos teus colegas, era porque eu te dizia, lá no fundo de ti, para teres paciência, que cada um tem os seus problemas, que ninguém nasce sacana", "tão generos...", "CALA-TE, já disse que agora quem fala sou eu. A tua raiva, a tua tirania da razão, estaria atrás das grades, não fosse eu a aliviá-la. Tu já terias matado alguém, se não fosse eu, se não fosse a 'generosidade' que tu tanto desprezas, se não fosse o entendimento de que cada um carrega uma cruz. Tu olhas apenas para o que fazem, eu olho também para os olhos; tu não passas do corpo, eu procuro a alma. Não, nem todos são bons, mas nem todos são maus. Tu és uma arma carregada, eu sou o travão que a impede de disparar. E à noite quando tu dormes de rabo virado para mim sou eu, 'a generosa', 'a pateta', que te cobre e diz às escondidas 'amo-te'. O que era feito de ti, Paiva Watson, o dono da razão, se não fosse a compaixão, a tirania do coração? Levantavas-te?"

Sentou-se ao pé de mim. Estava esgotada. Ficamos assim até chegar a noite. Quebrou ela o silêncio: "Amas-me?"

Estou sozinho há 50 dias.

No primeiro mês senti saudade, mas sobretudo alívio. Andar nu pela casa, comer à hora desejada, deixar o tampo da sanita levantado. A Maria pegou na mota que eu consertei e foi-se. Ultimamente, não tenho escrito ou feito muita coisa.

A chuva impediu-me de ir lá fora. À excepção do casal de refugiados que puseram perto da casa da Peceguina, não vi vivalma. Encolhidos beirando a cerca iam na direcção da vila. Ontem morreram mais 39 no mar Egeu, na quinta-feira outros 13. Que Deus os acompanha?

Penso no sentimento de desamparo, nos olhos aflitos, nas preces que farão. Não sei muito bem escrever sobre isto, mas hoje não consigo pensar em outra coisa.

Apetece-se escrever que o tão propalado total livre arbítrio me parece uma arrogância. Assimilamos que os menos afortunados são mais burros ou perderam a sabedoria pelo caminho e está resolvido o assunto. Uns optam pela caridade, olhando de cima para baixo, outros pela solidariedade, dita de igual para igual, uns vão à missa, outros repudiam-na, mas uns e outros, numa larga maioria, entendem que o infortúnio é, em grande medida, responsabilidade de quem o sofre. Acaba sempre no total livre arbítrio, na culpa ou na inteligência, neste caso na falta dela; na religião ou na ciência. Tudo muito separadinho, como no frigorífico.

Nunca assim o entendi...

...Sinto Deus como uma evidência racional, não confio o Universo ao acaso. Não é possível que tal escala, milhões de estrelas, algumas a milhões de anos-luz, aglomerados de galáxias que nos fazem vislumbrar uma estrutura, seja obra do imprevisto. Quem somos nós, carregados de uma razão de polegar recentemente oponível, para afirmar, com tanta certeza, o acaso, e depois, com a tamanha certeza sobre nós próprios, o total livre-arbítrio?

Acredito na ordem, no Todo, num destino do Universo e de tudo o que o povoa, muito no fim da linha num destino dos Homens e de cada Homem. Sim, como um relógio.

É isto incompatível com individualidade? Não. A dor é de cada um.

O que me revolta não é, portanto, Deus, mas o que fizemos dele e em nome Dele. Entre o que se pode escolher, as prepotências. O Tempo maior, que não nos é permitido ver. O que magoa não é a Sua existência, mas o Seu silêncio, mas a soberba é minha...

A cerca está arranjada, sentei-me há pouco lá fora a vê-la e é um gosto.
Só quando anoiteceu vim para dentro, e não paro de rir. À tarde vi a Peceguina passar e não me controlei, despi-me num ápice e saí. Todo nu, passei pelo alpendre e fui até ao campo como se nada fosse. Era ver a velhaca baixar a cabeça, apressar o passinho, com os olhos postos de ladeiro. "Boa tarde vizinha", "boa tarde senhor Paiva Watson". "Sabe vizinha, tenho pensado que me faz falta uma árvore com ramos maiores, ai o que eu gostava de me pendurar numa árvore e qual macaco baloiçar livremente". O passo cada vez mais ligeiro, e eu a divagar do lado de cá da cerca, abanando-me, abanando-me, acompanhando o seu ruborescer.

Ratazana de sacristia, "ai minha querida isto", "ai minha querida aquilo", "olhe que tem que isto", "olhe que tem que aquilo", o verdadeiro manual da vida sensata. Sempre com um ar compungido face às misérias dos outros, "ai não me diga", mas com o nariz tapado, não fossem cheirar mal. Tudo tudo tudo para agradar o senhor prior, para ter e manter um lugar de destaque ao pé da batina. Velhaca, faz-me lembrar algumas das peças com que trabalhei nos tempos da cidade, sorriam com doçura para os superiores, odiando-os; tiranizavam os que entendiam que eram subalternos, invejando-os; e quanto mais subiam na carreira mais medo tinham. Alguns pareciam cães a marcar território, quantos deles não deveriam ter um pneu ao lado da secretária para irem dando uma mijinha.

Muita falta de paixão por ali andava. Estou em crer que toda a ambição desmedida é a exacta medida da frustração afectiva. Se a Maria Leonor aqui estivesse, punha-se a falar do Amor.

Hoje telefonou-me, "Paiva Watson, é no teu abraço a minha casa", disse ela. Queimei por dentro e quando ia desligar atirei: "então anda para casa". Não sei se virá, ou como será, estou cansado, muito muito muito farto de dilemas e conflitos. Urge uma folha em branco e mais silêncio, daquele absoluto, a raiar o Nada. Poucas vezes aí cheguei.

... quando ela estendida e despida colocava a mão no meu peito e o afagava, e eu punha a minha mão por cima da dela, e o mundo inteiro aquietava.

"**S**e fôssemos uma só pessoa, serias tu uma degenerescência minha ou eu uma tua?", perguntou.

Quatro da madrugada, muito transpirados já, eu quase a adormecer, e ela diz a palavra "degenerescência"... Ainda pensei em mandá-la pastar, mas atirei "e por que é que um teria que ser degenerescência do outro, não podíamos ser apenas partes diferentes de um todo?" "Mas imagina que um tinha que ser obrigatoriamente criação do outro", insistiu.

Saudades das palavras sussurradas, absolutas, nada menos do que absolutas, do suor, das horas em cima das horas a retardar o amanhecer, do amor que se faz à procura do lado de lá, do laço. Do amor que se repete e repete mas só o corpo se gasta, na mesma vibração, até desaparecer, unido, bem fodido, rumo ao infinito. Será isto... saudade.

Ou a resposta à pergunta que ela me fez naquela noite às quatro da madrugada. Talvez seja eu a degenerescência. Se pensar que ninguém nasce mau, então sou eu a degenerescência, o resto, o que fica de tudo o que nos levam, mas se pensar que nascemos maus e que a cordialidade é um produto de uma cultura em que a medida assenta naquilo que cada um prescinde, então é ela a degenerescência. Sucede que não vejo nela cordialidade, antes compaixão, e a minha intuição diz-me em segredo que a compaixão é tão natural como o instinto de sobrevivência. Diz-me, aliás, que a compaixão é o instinto de sobrevivência por excelência, o que permitiu trazer a espécie até aqui, não que o que se veja por esse Mundo seja muito bonito. Nem Hobbes, nem Rousseau, ainda assim mais Rousseau do que Hobbes. Também depende dos dias. Definitivamente, saudades dela.

Vou dormir. Estou exaurido, rachei lenha a tarde toda. Quando entrei em casa, o telefone tocava. Era o Byron, tal como o Coelho, grande amigo desta minha viagem. "...Paiva Watson, a Natureza não tem moral, funciona" é uma das suas máximas.

E screvo à luz de vela junto à janela da sala, esqueci-me de pagar a electricidade. O céu está limpo e estrelado, e o silêncio é majestoso.

Hoje andei para os lados da infância... A dar de comer às galinhas, lembrei-
me de quando tranquei a minha tia-avó com os galináceos e depois me pus a
dar voltas de bicicleta mesmo ao pé do galinheiro, com ela aos berros a ordenar
que lhe abrisse a tranca. Só saiu da lá quando eu quis. Sabia bem que me esperava uma surra, mas já tinha levado tantas sem razão, que aquela era por uma boa
causa.

Mulherzinha frustrada. Nada fazendo por ela abaixo, era escrava de uma in-
controlável invídia em relação à força de vontade e coragem alheias. Desejando
possuir tudo o que os outros tinham, detestava-os, detestando-se. Descontava à
tareia a sua própria miséria em mim e na minha irmã Ica, e fez a vida negra ao
meu avô de forma manhosa, até ao dia em que lhe deu uma macacoa e caiu para
o lado, já a fazer falta na casa do Capeta. No tempo da caça às bruxas teria sido
ela a Bruxa que mandou muita inocente para a fogueira, só porque sim. Era o
Diabo em figura de gente e terá sido num estafermo destes que Hobbes se in-
spirou para dizer que o Homem nasce mau.

Já o avô era o trabalho, a disciplina, o Tempo, a austeridade que supera qualquer adversidade. Não fosse nunca ter conseguido escapar às paixões de caixão à
cova, teria vivido de acordo com a concepção de perfeição que lhe incutiram no
seminário, mas assim só a pregava... se bem que lá em casa éramos todos moucos.
Não admitindo a condição de ser humano foi-se afogando em culpa e mentiras, caminhando entre o paraíso e o inferno das coisas de uma natureza nunca
aceite.

Adorava-o pela excentricidade escondida que o fazia compreender aquilo
que a "perfeição" não permitia. Adorava-o porque, apesar do medo e do egoísmo
que lhe provocavam grandes ataques de ira, não deixou faltar nada aos seus.
Talvez seja o exemplo de um homem a quem uma estrutura corrompeu, talvez
aqui Rousseau, com algum exagero meu.

Foi uma infância deveras pedagógica. A mãe morreu, o pai emigrou, e eu e
minha irmã fomos viver para casa do avô, com a sua esposa que ao longo dos
anos foi mudando de fronha, e o espantalho da minha tia-avó. Naquele mi-

crocosmos havia o Mundo inteiro: preguiça, inveja, gula, avareza, orgulho e ira com fartura. Também havia o trabalho, o avô; e o Amor, a Ica.

Eis o que acontece quando um homem fica sem a sua Maria. Dá-lhe para as memórias. Acho que estou a precisar de fumar umas brocas.

O prazer que me dá interromper uma tarde de trabalho para comer dois ovos estrelados. Molhar o pão na gema e mastigar devagar, desejei, mas o toque do telefone interrompeu o ritual. Ai Maria, que falta me fazes, eu sou só um homem amargo e do outro lado da linha era a nossa menina num choro convulso.

"Pai, pai, a mãe está aí?" Petrifiquei Maria. Por duros que fiquemos o choro de um filho abre sempre a ferida daquilo que quisemos esquecer, mas que sei eu dizer Maria?, as palavras foram secando, bem sabes. "A mãe não está, filha", "pai, quando volta ela?"; "não sei", "quando ela voltar diz-lhe para me ligar" e continuava a chorar a nossa menina. Fizemos silêncio e no dela senti-a implorar por um gesto. "Que tens menina?"

"Pai, eu tenho um namorado, a mãe sabe...." e chorava chorava. Maria, vivi o suficiente para saber o resto da história. Juntamos todos os poemas de ilusão e constrói-se uma história de "amor", qualquer história de "amor" com letra pequena, e, resumindo, sofrimento vão, um aqui, outro ali, todos juntinhos, na cósmica solidão. Mas que lhe dizer? "Pai, eu tenho um namorado e...", começou e eu interrompi para dizer "filha, quem quer arranja maneira, quem não quer arranja desculpas", "mas, pai..."; "filha, quem quer pela metade, não quer".

Não soube dizer melhor Maria e toda a menina precisa de mãe Maria. Tu é que dizes a simplicidade em jeito doce. Tu é que consegues em simultâneo colocar o dedo em riste e oferecer colo. Tu és verdade e compaixão. Eu sou verdade e desilusão.

Apeteceu-me dizer-lhe que não é importante, que a vida é longa, que o sofrimento dos homens neste planeta assume formas inenarráveis e que o absoluto abandono de alguns é a única razão pela qual deveríamos derramar lágrimas, a única responsabilidade que deveríamos assumir. Que o Amor de letra maior é o único. Mas depois lembrei-me que cresci sem mãe e que cada traição sentida na vida agudizou esse abandono, o meu e em mim o de cada Homem. Que é preciso que a vida se faça de sucessivas dores para as apoucarmos e aprendermos a estender o olhar ao Outro. Tudo isto numa fracção de segundos Maria, com a nossa menina a chorar e a dizer "está bem pai, está bem".

A dor de um filho é a maior de todas, mas às vezes não temos senão o silêncio de quem já sabe o fim do texto. Será este, Maria, o silêncio de Deus?

[**E** ntrada escrita por Maria Leonor depois de regressar]
Dormias encolhido em sono distante com a cabeça encostada aos joelhos, e do lado de fora a ternura cresceu desvairada em mim... Apoiada na porta do quarto, vi depois o diário ao pé da cama e não resisti. Não resisti Paiva Watson.

Sei bem que me aguarda um comprimido de cólera, uma prelecção sobre o respeito e daí até à maldade da humanidade inteira em cinco minutos, com os braços no ar. Talvez volte a ir embora e talvez sejas tu que mo peças desta vez. Sei bem que há uma linha traçada que ninguém pisa, mas é mesmo aí que vou desenhar a minha. Esta página do teu diário pertence-me, rasga-a depois, se quiseres.

Escreves aqui que sentes saudades, mas nunca mo afirmaste. Eu fico com parcas palavras e a aridez das mesmas se te peço mais, o diário com as declarações de amor; eu com a perspectiva de um Mundo cruel, o diário com as reflexões sobre a compaixão; eu com os medos e as inseguranças, que é onde a cólera se cria, o diário com a esperança que escondes.

Imploras afecto e, todavia, não és capaz de o pedir. Por que não dizes "Maria Leonor, eu tenho medo que me deixes" ou "Maria Leonor, eu tenho medo de ficar só", ou "arranca a melancolia que tenho no peito", "acalma este pânico", "ama-me", "espera por mim", "fica"? Por que é que o Medo vence o Amor? Não percebes que o fazes em casa é o espelho do que fazemos do Mundo?

Não percebes que é o Medo que traz a insegurança, a competição, a guerra, e depois a amargura, o vazio e a destruição? Demasiado simplista?

Escreves que não tens medo de nada, que és uma criatura de Tártaro, marcada a tridente, auto-suficiente, a verdadeira sabedoria na solidão. Mentira Paiva Watson. Sim, marcado a ferro; sim, altamente treinado para a solidão e auto-suficiência; sim, em Tártaro. Mas desesperadamente à espera que Hades te absolva e liberte. E não, paixão, não existe sabedoria na solidão.

Finalmente, o veredicto. Não preciso de ser protagonista, mas jamais serei acréscimo. O Amor não pode ser a última das fadas que vem libertar a princesa da morte, um acto de desespero aquando apenas da epifania do fim. Assim sendo, Paiva Watson, em poucas palavras, eu estou aqui, não vou a lado nenhum, e quando for, voltarei, porque tu és parte de mim e eu sou parte de ti. Tu a mão esquerda, eu a direita, tu a razão, eu o coração, ou o contrário, ou tudo misturado, ou como te apetecer: um só.

Agora vou sentar-me na tua poltrona, com o teu diário aberto no colo, à espera que acordes, esperando o teu veredicto.

E screvo de fugida.

Acordei estremunhado com um vulto ali na minha cadeira, e ainda com os olhos meio cerrados vi a Peceguina. Vem aqui vender-me um catecismo, ou pior, queres ver que a velhaca se encantou com a minha anatomia? Estou bem fodido, pensei. Nunca eu saltei tão depressa da cama com a aflição de não saber nenhuma reza para espantar assombrações.

Afinal era a Maria Leonor, sentada com máscara de mulher má, contigo, meu amigo diário, no colo, a olhar para mim. Primeiro quieto, apenas pássaro a fixar a serpente; depois, já águia, encarei o ofídio: "então, já leste tudo?", "tudinho"; "e então?", "agora faltas tu ler"; "escreveste no meu diário?", "isso"; "já li", "já leste?"; "tudinho". E agarrei-a, "anda cá". "Não sais daqui, vou alimentar-me da tua maldadezinha e aumentar, vou mostrar-te que, sim, já li tudo."

Ah, sambamos até nos sumirmos, Carnaval em todas as esquinas com "beijos sem tréguas, sete mil léguas, sem descansar", como canta Mart'nália. "Onde andaste mulher má? O teu homem hoje vai ser bom. Sentes as minhas mãos? Apertam-te que chegue? Sentes-te já toda dentro de mim? E se eu te disser baixinho ao ouvido que te amo, passamos a ser um só? E se eu te disser fica comigo? Acaba-se a guerra no Mundo? Mudamos a identidade do Ser? Gostas assim? O teu homem mau está bom que chegue?"

...Dorme descansadinha a bichinha que leu o meu diário. As máscaras no chão. Amanhã começa o jejum.

"Não te levantes já", pedi.

"O dia vai alto", "eu sei, mas fica aqui comigo". Pasmada voltou a deitar-se, a chuva fustigava a janela sem que um raio de luz entrasse e tudo se adivinhava cinzento, um desses fragmentos de Tempo que promete a perda da paz que só num abraço quase sempre distante se refaz. "Estou tão zangado, foste ler o meu diário, escrever no meu diário, para que fizeste isso?", "não sabes?", "sei". "Só assim podia dizer o que queria, sem conflito", "eu sei.. Não me olhes assim, abraça-me".

A Equação quieta, as pazes feitas, e o que não temos que saber, o Tempo Maior, pianinho. A Vida inteira num momento. O abraço. O tal abraço.

"Não te posso prometer que não terei ataques de ira, momentos em que a tempestade lá fora forma um tufão cá dentro. Nem que não me transforme em terrorista quando o Mundo ou as memórias me entram pelas frinchas do corpo em correntes de ar insuportáveis. Mas posso dizer que tu, coração, tens razão e que não há lúcida razão que não incorpore paixão, como não há vida sem saudade, e boa parte de maldade que não se forme porque faltou bondade. Será sempre uma guerra, chama-lhe dialéctica, se quiseres, mas... Um só... Ser... seu maior inimigo, seu melhor amigo. Fica."

A chuva insistia, mas o quarto era já um retiro, a solidão liberdade, a liberdade verdade, o fantasmagórico calado, o peito aliviado. Como almejava Bernardo Soares no seu Desassossego, "Poder saber pensar! Poder saber sentir!"

Está a dormir e eu recordo o dia em que a fui buscar. Pedi que a chamassem, ela no cimo das escadas disse-me logo que não precisava de dinheiro e que a mota não estava avariada. Tinha estado mais de duas semanas fora de casa.

Subi, fui até ao quarto onde estava instalada a sentir-me enganado, disposto a não ouvir, mas atrás do muro de ressentimento ecoavam as palavras. Deste lado, apenas nada. Nada a dizer. Regressamos e discutimos, e ela partiu mais uma vez, e desta vez, por mais de dois meses.

Dorme descansada agora, dentro de mim, confiando que vai sempre acordar, ter um lugar. Mas eu olho para ela e sentindo saudades já, de uma inocência que reclamo na sua ausência, sinto-a distante, porque sim, porque eu, homem mau, estou confinado. Condenado a ir atrás das massas que deformaram o meu universo, a investigar as minhas ondas gravitacionais. Ah, sim, a matéria e energia podem distorcer o universo. Como não?, se só a tua cabeça pousada na minha almofada criou gigantesca curva numa existência que queria estática... Não há geometrias estáticas.

[Se eu apalpasse o rabo da Peceguina e lhe dissesse umas coisas ao ouvido, onde é que as curvas desenhadas com a ponta dos meus dedos provocariam ondas? Só no rabo, ou chegariam à alma? Alteravam-lhe o relógio, o percurso, o Tempo? Sinto-me curioso.]

A viagem impõe-se, a razão soberana atrás dessas grandes massas que em choque alteraram o tempo e o formato dos meus limites, limites?, e que comprimiram e alargaram este universo. As estrelas lá fora, longe, tão longe, quantas estarão a explodir? Que buracos negros? Para onde vai a luz?, lá em cima e cá em baixo.

Fica. Ela fica. Adormecida. Voltarei depois ao lugar da intuição que consegue antever o que só mais tarde a razão sistematiza. Mas, para já, só preciso de parte de mim. Levo a mota, perseguirei as ondas que viajaram à velocidade da luz no vazio que estou.

[A^{viagem]} A viagem começou na infância. O soalho da casa velha a ranger debaixo dos pés.

A cada degrau subido, revejo os jantares da família, o avô sentado à cabeceira, a esposa do momento sentada à sua direita, a minha irmã Ica à sua esquerda, à esquerda da Ica eu, e à minha esquerda a minha tia-avó, bem em frente ao avô. Finalmente, abro a porta da cozinha e estamos lá todos. Só o velho fala, sempre do seu dia de trabalho, e, usualmente, no meio do monólogo lá vêm as lições de moral e as farpas atiradas com azedume à tia-avó que sempre gostou pouco de trabalhar. Ela responde e a guerra é diária. Ninguém cede, e os outros, a esposa do momento, eu e a Ica, somos danos colaterais. Quando a coisa começa a ficar fora do controle, irrompo em cena, a função é ser bobo da corte, fazer rir, refrear animosidades. (E o que eles riam...) Quando acaba, é mais um jantar que, até que enfim, acaba.

Dou a volta à mesa, a minha mãe viveu aqui em criança, pisou este mesmo chão, sonhou um futuro; depois, de visita, mudou algumas fraldas, deu colo e em frases curtas pedaços de sabedoria, mas, num ápice, as fotografias dela desapareceram. Foi-se como se nunca tivesse existido, passou a ser um refúgio apenas, o lugar para onde vamos quando o desespero toma conta dos pequenos corpos, quando o ruído é insuportável. Quando o abraço é tão urgente que pode até ser invisível. Mãe...

A mesa... Eu e a Ica a imitar os gestos neuróticos de uma das esposas do meu avô. Ríamos até sufocar. Era um mundo à parte o nosso.

Venho até cá fora, sento-me em frente ao plátano e as imagens estão lá. Dias inteiros no campo, a brincar com as ripas que sobraram da função de segurarem as videiras e que agora são as nossas espadas, ou os dois em cima de uma qualquer ovelha que faz-de-conta é o nosso cavalo; e os mergulhos no tanque gigante que queremos pintar de azul para ficar "igualzinho" a uma piscina. Ou correr atrás das galinhas até elas caírem de exaustão, com o dicky a correr atrás de nós. Poderíamos ter sido tão felizes. Quando estávamos sós, éramos. A infância não precisa de muito.

É sempre uma bomba que nos faz abandonar as raízes, que nos faz caminhar, que provoca o êxodo. É sempre o medo e a raiva em cima do Amor que provoca a destruição, numa pessoa, numa família, num país.

Vou acender a lareira lá em baixo, vou dormir na sala grande, vou passar aqui uns dias, vou arrumar isto, vou colocar tudo no devido lugar. E vou voltar a partir. Acabo esta página com a certeza de que é preciso partir, de que é sempre preciso abandonar aquilo que ameaça a nossa integridade, de que a vida é um direito, e vive-la com dignidade um ainda maior.

Continuo na casa do avô.

Foi nesta casa, e não na de meus pais, que recebi a notícia da morte de minha mãe. Alguém aos murros batia na porta da cozinha e dizia aos berros que ela tinha falecido. Ouvindo aquilo, saí de mansinho à procura do meu pai que também andava por ali. "É verdade que a mãe morreu?", "Não". Segurava uma enxada, cavava sem saber o que fazia e o olhar era vazio. De regresso à cozinha comuniquei: "o meu pai disse que a minha mãe não morreu, e se ele disse que não morreu é porque não morreu."

Está tudo destruído. Agora que tenho dinheiro, há coisas que não têm conserto possível. Foi sempre assim. É preciso devastar o mato, arar a terra, erguer e pintar muros, arranjar a vedação, colocar portões novos, enfim, dentro as madeiras estão carcomidas, as portas chiam, as teias de aranha abundam, chamei gente para ajudar.

Foi nesta casa, e não na de meus pais, que recebi a notícia da morte de minha mãe...

A cozinha tinha antes um sofá de pele vermelho e era nele que o meu avô descalçava as galochas quando vinha da terra. Não tenho memória de seis meses após aquela revelação. Lembro de vir viver para aqui e do dia em que conheci a segunda mulher do velhote. Nos dez anos seguintes, seriam mais duas esposas no papel, fora os apêndices.

Aqui residi de forma intermitente: aos 13 anos saí, aos 16 regressei, aos 18 voltei a sair e foi de vez. No tempo da faculdade já só aparecia aos fins-de-semana e eu e a Ica fazíamos do jardim o lugar ideal para vomitar, depois das noitadas. Chegados a tarde e más horas, entrávamos na cozinha de capacete posto, não fosse o patriarca estar atrás da porta e dar-nos uma cacetada. Nós tínhamos que andar direitos.

É que o avô fazia tudo direito, só não sabia amar direito, abraçar, dar um beijo, um incentivo. Chamava aos cães os nossos nomes e a nós o nome dos cães. Nós ríamos. Perdia constantemente as chaves, mas depois estavam no sítio do costume. E as mulheres dele?

A primeira depois da minha avó, ou seja, a segunda, era professora e falava aos gritos. Ele ouvia-a sempre com uma mão a tapar a orelha, com o cotovelo apoiado na mesa, sentando-se, aliás, para o efeito. Além de falar alto, a senhora não devia grande coisa à inteligência. Não conseguia deduzir, por exemplo, que para estender uma bacia de roupa o melhor seria levá-la para junto do estendal, pelo que transportava cada peça isoladamente desde a casa das máquinas até ao destino, fazendo o mesmo percurso dezenas de vezes, acompanhada pelo barulho ensurdecedor dos socos, toc toc toc; toc, toc, toc, tardes inteiras. Depois dizia que estava muito cansada, "ai Jesus", e sentava-se na senhorinha a pintar as unhas. A minha tia-avó, que era um estupor, começava a insultá-la, e assim eu e a minha irmã tínhamos tantas vezes teatro de graça. Trabalhos de casa é que não, porque havia outras distracções, como ter que apartar as duas aventesmas. Se a minha tia-avó ganhava a disputa, óptimo; se não ganhava, eu e a Ica andávamos o resto da tarde a toque de caixa, ou de chinelo, ou de pontapé, ou de chapada. Era muito pedagógico.

Quando o velhote chegava do trabalho, pronto para a terra, estava tudo resolvido. E ao jantar tínhamos festividades, novamente, mas desta feita entre o velho e a tia-avó.

De monotonia ninguém morria...

Lealdade obriga. Não fossem as páginas deste diário e o Universo seria lugar mais agreste.

Cá estou em viagem, parto daqui para o Mundo, deste lugar sossegado que é o olhar as estrelas. Está frio e continuo pela casa da infância. Ontem falei à Maria e telefonei à pequena, "então, esse namorado?", "já está tudo bem, pai". Liguei também ao Micas, filho mais velho.

Há uns anos, já na casa do Alentejo e já só eu e a Maria, e, num daqueles dias de mau feitio, ouço na porta, bem no pico dramático de um achaque, uma gargalhada. Era o Micas, "vê-se bem que cheguei a casa, pai". Assim que o vi, acabou-se-me o acto. O meu filho já em pequeno tinha o dom de reduzir a minha irascibilidade a coisa risível. Ria-se no meio das minhas gesticulações efusivas como se estivesse a ver um filme cómico, às vezes dobrava-se de não se aguentar. Por muito que eu quisesse continuar, não conseguia. O meu filho é bom, tem a compaixão dos bons, a paciência dos santos, a sabedoria de um mestre. E foi meu mestre, o maior de todos.

Estava bem disposto, disse-me que viria cá... e só ele poderá fazê-lo. Só ele me poderá dizer no que sou parecido ao meu avô e à minha tia-avó e em que escala devo exercer o perdão. De algum lado me virão as fúrias, mas as minhas são minhas. No tempo da indulgência ouve-se muito o "temos que nos perdoar", "ai temos?", eu não perdoo. Tive ataques que, por um século que viva, gostaria muito que os meus filhos não tivessem visto. Não posso voltar atrás, mas posso sempre evitar mais uma das frases da moda: "não me arrependo de nada". Quem me dera...

Não, não me perdoo. E também não me é fácil perdoar os outros. Padeço assim de um dos piores defeitos que se pode ter, o que me parece bastante contraditório, dado que facilmente compreendo motivações e que estou convencido de que uma parte dos erros vêm do desespero, da insegurança, da falta de amor que gerou frieza, da revolta, do medo das consequências de sermos justos por ser a conveniência um lugar de menor risco, enfim... todo o Pequeno Homem terá as suas razões, grandes ou Pequenas...

Dependendo da escala, posso passar por cima, voltar a falar, a conviver como antes, amar até do mesmo jeito (não é o caso da minha tia-avó), mas nunca mais confio quando me sinto traído, mesmo que a cabeça me diga que há erros que podem ser caso único. Como eu cometi. Não voltar a confiar é uma forma de não perdoar, é uma forma de matarmos o Amor que já maltrataram. Há quem prefira dizer que perdoa, mas não esquece, é o mesmo, tanto vale dar no cu, como no cu dar.

...também o meu Micas um dia me disse - nos tempos em que vivíamos na cidade e ele era ainda um adolescente - que, "metaforicamente falando", quando eu apontava "uma bala a alguém" iria "mais cedo ou mais tarde" dispará-la. Era miúdo, atirou-me aquilo no meio da rua, nem sei de onde lhe veio o discurso bélico, mas congelou-me. "Tu guardas frases, palavras, gestos, processas tudo pai, não te magoas?"

... Sim, filho, magoo, mas eu sou completamente incapaz de parar esse processo, é-me tão natural como respirar. Como ler os pensamentos e os sentimentos dos outros.

Perdoar. Há tanto para perdoar. Se uma mente inteligente consegue compreender e ter até o dom da compaixão, que é saber que poderia estar no mesmo lugar, cometer os mesmos erros face à mesma história e às mesmas circunstâncias, por que razão não consegue perdoar? Talvez perdoar não seja matéria da Razão. Mas, por outro lado, não vejo que haja Razão sem o resto, acho, aliás, que o Resto é o tudo, aquilo que a Razão, se calhar esta o resto, se limita depois a processar e sistematizar.

Se uma mente acredita que cada um cumpre um destino, como um actor o seu papel numa peça, como não perdoar?

Talvez seja simples: quando se magoa o lugar da confiança, fica aflição, abandono, e depois tristeza, e depois frieza, e depois desconfiança, no limite revolta, terreno fértil para a guerra, no peito, na rua, aqui... ou na Síria. Talvez haja algo maior do que todas as considerações. Mas talvez devêssemos ser Maiores. Talvez devesse...

Bom, a insónia vai alta. Gosto do silêncio e de estar só.

As raízes do plátano deram cabo dos passeios, ainda pensei em deitá-lo abaixo, mas não consegui. Desde que me lembro de existir, está aqui. Nesta casa, por onde tanta gente passou, laboratório de uma perspectiva sobre a Humanidade, apenas eu e o plátano. Uns morreram, outros partiram, outros esqueceram para sempre.

Tudo foi ficando mais pequeno. Tudo sempre vai ficando mais pequeno.

... Conheci centenas de pessoas, com algumas, poucas, construí caminhos longos, alguns trilho ainda hoje, mas não há ninguém com quem goste mais de estar do que comigo. Não que me tenha em grande conta, apenas, num certo sentido, não gosto de gente; por outro lado, gente comove-me. Incomoda-me profundamente o sofrimento alheio, incomoda-me aquilo em que transformamos o Mundo, incomoda-me a forma como somos predadores uns dos outros. Como a primeira decorre das seguintes, no geral, não gosto de gente. É confrangedor constatar que à medida que nos fomos erguendo as vistas foram ficando mais curtas.

Assim mesmo observei nos anos em que trabalhei numa multinacional, onde poucas pessoas vi serem premiadas pela competência, por exemplo. Salvo honrosas excepções, competência e humanidade não eram critério para prémio. Critério era perguntar pouco e obedecer sempre. Em troca, carícias à vaidade. Primeiro, o elogio, depois um salário melhor, um emprego para a prima e, dependendo da escala, carro e cartão de crédito. Servem para isto os capatazes, se tiverem vindo de famílias humildes, melhor, lambuzar-se-ão com aquilo que nunca viram na casa de seus pais, vendendo ao desbarato o que aqueles lhes ensinaram. E assim se quebra o ciclo de pobreza, mas só para alguns. Os capatazes são amigos dos homens de negócios, que são amigos dos banqueiros, que são amigos dos políticos, que são amigos dos homens de negócios, todos olhando pelos interesses uns dos outros e todos ainda pelo interesse do País; e assim se relacionam com outros países, cada um cuidando dos seus interesses, quando convém dos interesses uns dos outros; e assim, tal e qual, dos interesses do Mundo. E, ainda assim, com tanto cuidado, chegamos aqui: milhões morrem à fome, para abreviar.

Não. Não sou bom a perdoar. Levantamos, o polegar ficou oponível, desenvolvemos a nossa capacidade mental como nenhum outro animal, mas fizemos de nós o nosso pior algoz. Tenho para mim que a Evolução é a pena com que Deus escreveu a criação da vida e dos seres humanos. Mas no tanto que nos foi permitido escolher, traímos essa mesma Evolução. Vendemos a alma ao diabo e é aqui que vivemos, como diria meu amado escritor Raduan Nassar, na "casa do Capeta".

Ou... como diria o Luiz Pacheco, "puta que (n)os pariu!"

[O pequeno perguntante]

O miúdo do pedreiro que me ajuda a reconstruir a corte dos coelhos fez-me lembrar bons tempos. "Quando paras, escreves o quê no teu cadernito?", "observações"; "o quê?", "escrevo o que me vem à cabeça, pá, se há luz, se está cinzento, se estou triste, se estou contente, essas coisas, tudo o que me vem ao pensamento", "então deves pensar pouco, o teu cadernito é tão fininho"...

Recuo uns anos largos e recordo que as pernas tremeram até ao momento em que disse o primeiro "bom dia", mas que a partir dali jamais senti outra coisa que não fosse contentamento, para trás ficavam vinte anos numa multinacional e mais cinco numa Organização Não Governamental. Só fui realmente feliz a trabalhar quando dei aulas, gostava dos debates que tinha com os putos, de quando me contrariavam, de testar o seu poder de argumentação, mas, sobretudo, de perceber se era mais importante defenderem um princípio ou terem razão; e achava piada a forma como fixavam o olhar quando o pensamento estava longe. Às vezes tive de ligar a alguns a perguntar porque faltavam e se era preciso oferecer-lhes uma candeia para iluminarem o caminho. Era gente crescida, tempos de faculdade, mas, regra geral, na aula seguinte apareciam. Acima de tudo, quis passar-lhes uma mensagem, "não perder o hábito de questionar, não ceder ao medo".

Cada um sabe do seu destino e das voltas que ele deu até se cumprir. Desde criança que senti que a minha vocação era ser professor e escrever, mas também sempre intuí que seriam ofícios que chegariam tarde. A vida foi-se fazendo e parte do destino que sempre soube chegou.

"Tens mais cadernitos?", insistiu o meu perguntante, baixinho, cabelo arrepiado, olhos grandes, atrás de mim. "Gostas de estudar pirralho?", "sim", "o quê?", "gosto de fazer desenhos", "e que desenhas tu?", "o que me vem à cabeça, pá".... "De que é que são feitas as nuvens?", "de algodão, claro", "claro...". "E quem é que fez o Mundo?", "isso eu não sei, mas sabia desenhar bem", "achas?", "acho", "mas há coisas tão feias", "sim, a minha catequista". Ao longe a voz do pai dele: "e a minha sogra". O dia de trabalho acabou com umas gargalhadas, duas cervejas e uma coca-cola.

Dia tranquilo este.

Há pouco tempo adormecemos os dois no sofá, eu de um lado, ele do outro.

Inicialmente, tratava-me por "senhor Oshen", entretanto, a abordagem ficou mais minimal. "Oshen, venho fazer aqui os trabalhos de casa", ou "Oshen, posso jantar contigo?, ou "Oshen, vamos vêr um filme", ou "Oshen, traz-me um pão com presunto". Sim senhor...

O meu pequeno perguntante fez da minha casa a sua casa, com pezinhos de lã. "Oshen, por que é que és tão sério?", "não sei", "onde está a tua mulher?", "como é que sabes que tenho mulher?", "Oshen, todos os homens têm uma mulher e todas as mulheres têm um homem", "ai sim, muito sabes tu". "Osheeen...", "está bem, a minha mulher está na nossa casa, no Alentejo", "e por que estás aqui?", "porque precisava arrumar as coisas", "a minha mãe diz que vieste para arrumar a cabeça", "muito sabe ela..."

Por estes dias, entrou-me aqui com dois coleguinhas e comunicou que iam todos jogar à bola no quintal. "Tu tens que ir ter com nós Oshen", "connosco!"

Como se não tivesse mais o que fazer, aparece-me este cliente na vida. A última, estava eu sossegadinho, a pensar na ave da filosofia e a construir um escrito à volta disso, e irrompe sua excelência, pelas cinco da tarde, "Oshen, estou com piolhos, resolves?"

Aquele momento poderia bem ter sido o fim do nosso convívio, interromper o voo de Minerva com piolhos?, é biologia a mais... Mas acho que, ao invés, foi o início de qualquer coisa. "Por que não pediste à tua mãe?", "porque ela ia ralhar, está sempre a dizer para não encostar a cabeça aos outros meninos", "por que não pediste ao teu pai?", "porque a minha mãe ia ver e ia ralhar e ele ia dizer depois o mesmo que ela, não sabes como é Oshen?" A verdade é que já me esqueci de como é. Os filhos vão crescendo e há sempre duas sensações à mistura, o cansaço e o sorriso, às vezes mais cansaço do que sorriso. Mas não me recordo de alguma vez ter com os meus filhos paciência para lhes tratar da cabeça, como tive com o pequeno perguntante. Eu também ralhava. Ali estava eu, a ver a cabeça de um puto que mal conheço, sabe-se lá porquê.

O pequeno perguntante anda por aqui e não é só a minha infância que lembro, ele traz a dos meus filhos também. Não é só a impaciência dos que me criaram, mas também a minha. Há tanta coisa que talvez fizesse diferente hoje, com outras circunstâncias. Ou talvez com as mesmas, mas sabendo o que sei agora. Não sei...

A Maria diz que quer cá vir. "Homem, para que estás tu aí? Sofreste tanto nesse sítio." Não respondo. De resto, a casa vai ficando composta.

A Zulmira chorava copiosamente sentada em cima de uma pedra. Andei sempre, mas na minha cabeça muito rapidamente se construiu um texto, ela perdeu o emprego, o homem faz biscates, e agora está o caldo entornado, não sabe como vai prover.

Assim que o meu pequeno perguntante chegou inquiri se estava tudo bem em casa. Sem mais, disse-me que subiu a sua nota a Língua Portuguesa. "Oshen, obrigada por estudares comigo." Disse-lhe para lavar as mãos, fiz-lhe um pão com presunto como ele gosta e insisti na pergunta. A mãe perdeu o emprego, confirmou. Lembrei-me dos anos duros na cidade, de quando eu sustentava a casa sozinho, porque a Maria ora não trabalhava, ora trabalhava por coisa nenhuma. Eu, apesar de ganhar acima da pobre classe média, aguentava o barco muito dificilmente. Pela cabeça passou tudo aquilo que se perdeu. Perde-se muito, alegria, paciência, sabedoria, e a vida fica pendurada por algo muito frágil que não se vê. No meu caso, acredito, aguentou-se pelo sentido da responsabilidade. É preciso fazer o que é preciso fazer. Mas as forças faltam muitas vezes, e também ninguém vê. A Zulmira ali a chorar em cima daquela pedra...

... o puto contou-me que ouviu a mãe dizer que não sabe como vai pagar a renda. E eu estou às voltas com isto, penso em reconstruir a casinha que está no fim do quintal e que outrora pertenceu a uns caseiros. Um dia destes vou partir, aqui está quase pronto e é preciso quem deite o olho, quem não deixe o campo transformar-se num matagal, quem limpe cá dentro, enfim... Talvez mande, sim, reconstruir a casinha e peça para fazer um portão à parte, e talvez faça ainda um gradeamento a separar o jardim da casinha do resto do quintal.

Penso nisto e não evito sentir que em cima das memórias e do passado nasce nesta casa uma espécie de presente trazido pelo pequeno perguntante, o fedelho de cabelo arrepiado e olhar curioso que arrota sentenças e se abanca sem pedir licença no espaço que é meu. Este menino que tinha más notas, porque a mãe passava os dias a trabalhar e o pai a procurar quem lhe desse o que fazer, e que agora as subiu porque tem quem o ajude. Quantas cabeças se perdem neste país porque os pais labutam dias inteiros, porque muitos não têm como ajudar os filhos por não terem conhecimentos para tal, por não haver dinheiro para uma ajuda mais personalizada, porque o dinheiro mal dá para comer. Ponho-me a pensar no pequeno perguntante, em como é esperto, em como me desfaço em riso com as coisas que diz.

É, parece que a Vida tem as suas manhas para obrigar um tipo a sorrir.

E escreveu Herberto "dos trabalhos do mundo corrompida que servidões carrega a minha vida"

A corte dos coelhos está terminada, quase tudo por aqui está terminado. Ergueram-se muros pedra sobre pedra, pintaram-se paredes, reconstruíram-se cercas, limpou-se o mato, arou-se a terra, podaram-se árvores, limparam-se tanques, envernizaram-se as mobílias e os caixilhos das janelas, encerou-se o soalho, mudaram-se fechaduras e puxadores. Colocaram-se fotografias na parede, o avô, a mãe, eu, a Ica, e até o estafermo da minha tia-avó. Essa pu-la hoje, sacana da velha a olhar para mim de soslaio, agora gritas no Inferno. No final da tarde, pedi ao pequeno perguntante que chamasse a mãe.

"Zulmira, quanto ganhavas na fábrica?", "o salário mínimo", "e o teu homem?", "só o dos biscates, mais nada, nunca mais arranjou nada fixo", "quanto pagas de renda?", "metade da féria". O silêncio instalou-se por longos minutos, interrompido apenas pelo som da cafeteira a bater na chávena dela. Olhos negros, mulher bonita, rosto marcado pela preocupação, mirava-me atenta.

Servi-a. "Estou a pensar contratar-te e ao teu homem para trabalharem aqui, um na terra, o outro dentro, quem faz o quê escolhem vocês, pago o salário mínimo a cada um, e se quiseres podem viver de graça na casinha que era dos caseiros. Interessa-te?" Zulmira pousou a chávena e inquiriu "como seria". "Simples, aquele que decidir trabalhar dentro tem que saber que quero isto sempre impecável, até porque cá virei de surpresa. Tem ainda que saber que quando eu cá estiver, só aparece quando eu disser, não gosto de companhia. Nos outros dias, venha à hora que mais lhe aprouver. O que trabalhar na terra faça lá o seu horário também, mas quando sair da quinta feche o portão atrás de si, porque boas cercas fazem bons vizinhos."

Combinamos que ficaria "tudo escrito" e antes que saísse atirei: "Zulmira, todos os meses vou retirar 50 euros do teu salário e mais 50 do do teu homem e vou pô-los numa conta do teu pequenito, para mais tarde ele frequentar a faculdade que quiser". "Senhor Watson, ele não tem cabeça para os estudos". Quase tive um ataque de ira. "Tem sim, de resto, as notas dele têm subido. Terás o que sobre para lhe pagares ajuda, se ele precisar. É pegar ou largar, se ele não estudar, nada feito."

Antes de voltar costas, cravou-me os olhos negros e a voz doce, "Senhor Watson, ele gosta muito de si". Lá do fundo, aquela voz tão amada, "pelo visto, o meu pai também gosta muito dele". O filho Micas na porta, o Pedro com ele.

H á noites sem fim.

Desfilam os rostos, as frases, os abraços. Os adeus, as dores, as mortes. Não há silêncio que me valha, nem Deus maior ou menor que me resgate. Chegados aqui o que sobra conta-se pelos dedos de uma mão e mesmo assim sobra que baste. Levai, levai tudo. Deixai que o desfile acabe num precipício qualquer da memória. Deixai que o abismo absorva tudo, a memória até, o que vale tenho na pele, não preciso de mais arquivo. Na barriga da Maria bem marcadas as cesarianas... a pele tem o que importa.

O Serafim fez-se padre, esteve cá hoje a elogiar as obras, apresentei-o ao Micas e ao Pedro, "este é o meu filho, este é o marido dele", e ficou estarrecido.

Falta-me o Alentejo, a Peceguina até. Esta não é a minha casa, é a casa da minha infância. Gosto que cá esteja o meu filho e o Pedro, acho que vem por aí a Maria, e qualquer dia mudam-se para a casinha dos caseiros os outros. Mas vou partir. Não é minha sina ficar. Nunca foi. Ficar não é verbo que se me ajuste. As pessoas é que se me foram ficando, poucas, que as outras pus a correr por excesso ou falta de dar; as casas igual, os livros idem idem. Não que não seja possessivo, porque sou, mas a certa altura caminhar é o ímpeto, preservar intacto qualquer coisa. Não insisto na companhia, mas quem quer ficar ao lado ou atrás, aceito, à frente não, no meu caminho à frente vou eu, é que ele é feito, sobretudo, pelo lado de dentro.

Dorme o casal, dorme a casa, dormem as mãos calejadas dos homens. Dorme o Amor. Acordadas só as aves nocturnas. E a saudade, cito: "minha adorável ave nocturna, como é bom ver-te assim, solta, solta..."

"Achas que o miúdo é assim porque a mãe passava pouco tempo em casa?" Uns copos, uns petiscos, duas de letra e lá para o anoitecer chegou a pergunta "achas que o miúdo é assim porque a mãe passava pouco tempo em casa?" O assunto da "paneleirage" outra vez... Que tanto o quarto dos outros nos inquieta?

"Por esse ponto de vista, como eu não tive mãe, também deveria ser rabeta", "Watson, não fiques aborrecido, mas nunca te perguntaste por que razão o miúdo é assim?", "Em primeiro lugar, não é um miúdo, é um homem, em segundo lugar, 'assim' como? Tu questionas por que razão uns são negros, outros brancos, uns baixos, outros altos, uns com miopia, outros sem, uns com a língua afiada, outros com ela morta?", "Não é a mesma coisa", "porque partes do princípio que é uma espécie de maleita que se apanha por culpas diversas", "não sei..."

O debate assim durou por horas, com momentos mais e menos crispados, como nos tempos em que éramos putos. "Mas, afinal, o que te provoca Serafim?", "E se todos déssemos nisto?", "Já percebi, o que te consome não é bem a origem da Coisa, mas o que a Coisa pode originar, é a organização social, é o modelo, a preservação de um determinado modelo, é a caixinha", "é a família, Watson, é a família, tu nunca vais ter netos", "podia contestar". "Watson..."

A família, disse o meu bom velho amigo de infância, "a Família", com a boca toda cheia. La Familia...

... e o puto é gay porque a mãe passou pouco tempo em casa. Sua Eva, sua malvada.

O tanto que andamos para a frente, para sempre tanto podermos andar para trás. Andando, andando, ainda hão-de convencê-las por decreto a ficar em casa, acaba-se assim o rabetismo... e, de bónus, o desemprego. Mas, entretanto, por favor, façam-nos surdos ou, foda-se, legalizem os berlights (drogas leves, para traduzir o que daqui a uns tempos nem eu vou etender).

La Familia. O paraíso.

Tal como o bicho que se isola quando pressente a morte, também o homem que se sabe de existência curta se aninha numa passagem discreta.

Foi discreta a minha presença no jantar de ontem, mas o vinho terá apurado os sentidos. Pôs-se a mesa debaixo das ramadas, nove lugares, veio a Zulmira, o marido e o catraio, veio o Serafim, o Micas e o Pedro. A motivação foi a chegada da Maria e da cachopa. Apresentei-lhes o pequeno perguntante e pedi ao mocinho que fosse chamar os pais e o padre, pois havia jantar cá pelo sítio.

À cabeceira da mesa eu, em vez do meu avô; à minha direita o Micas; o Pedro e o Serafim à minha esquerda, em vez da minha irmã Ica; a Maria, a filhota, a Zulmira e o marido, na outra ponta da mesa, em vez da tia-avó. Ao meu lado, na cabeceira, o pequeno perguntante. Havia o cheiro de fim de Inverno misturado com o da chanfana, o tinto, as azeitonas, o pão, os casacos a desafiar a meteorologia, o presente e o passado também. As conversas cruzadas.

"O teu pai fez aqui um bom trabalho, isto está bonitinho", "achas que lhe fez bem?", "Espero que sim, até a casinha lá de baixo ele arranjou". "Ó rapaz deixa o senhor Watson", gritava o marido da Zulmira a cada vez que o miúdo se pendurava em mim. "Zulmira, quando é que tu te mudas para a casinha?", "Não sei padre Serafim, mas em breve". "Acreditas que eles deram o lugar àquele mentecapto", "mas ele não está lá há meia dúzia de meses?", "o problema não é esse, o problema é não ter qualquer experiência", refilava Pedro, falando do trabalho com o meu filho.

Muitas prosas ao mesmo tempo, vozes em cima umas das outras, as opiniões, os julgamentos, os outros... a profunda importância do que não tem importância alguma. Ao lado, o puto brincava com uma das ripas, tal como eu em catraio, como se fosse uma espada. E era uma espada. Erguia-a contra um inimigo invisível e lutava como se ali estivesse um Golias. No fundo, como todos os outros ali ao usarem da palavra.

E o que eu lembrei. A terceira esposa do meu avô gostava de festas, de jantares, fosse por que razão fosse, um baptizado, um casamento, tudo servia, adorava desfilar as roupas novas, receber pessoas, uma boa conversa da chacha. Era médica na ala de pediatria de um hospital psiquiátrico, onde eu e Ica passamos tardes inteiras ao lado de crianças autistas e com outros problemas que originavam comportamentos muito além da nossa compreensão. Havia a Mércia que decorava linha por linha os anúncios que passavam na rádio e os repetia até à exaustão. Havia os outros, todos com um mundo à parte, ou talvez seja mais apropriado escrever que era um mundo assumidamente à parte, com monstros e anjos que todos sabiam ser uma ilusão. Passei tardes da minha infância a tentar entender, às vezes parecia-me que viviam numa prisão, às vezes sentia pena. Um dia desisti, acho que aceitei que não nascemos todos iguais e pronto. Como alguns dos médicos psiquiatras que conheci, também a terceira mulher do meu avô precisava de ajuda clínica. Era o que se pode chamar de doida varrida. Ainda hoje me pergunto onde, onde?, é que o meu avô as ia desencantar. Apenas a sua quarta esposa era uma senhora decente: generosa, honesta, trabalhadora. A terceira, bem, a terceira aproveitava as festas para pedir dinheiro emprestado aos convidados. Não que precisasse, era uma mania. Também adorava roubar bibelots, de preferência biscuits, da casa da mãe, uma velhinha adorável que fazia de conta que não via.

Teve os dias contados na minha casa, pois claro. A tia-avó, a quem nunca escaparam as misérias dos outros para não ter que lembrar as suas, descobriu-lhe a careca e em três tempos os sorrisos iniciais desvaneceram. Começou por contar ao avô que, coitado, não acreditou até começarem a aparecer mais testemunhas e ele ter de abrir os cordões à bolsa; e, depois, partiu para a guerra, até as feições se lhe retesavam de contentamento ao fazer a vida negra à pobre caloteira. Eu e a Ica tudo sabíamos desde o início, éramos crianças e ninguém pensava que nós percebíamos e, com isso, muito nos divertíamos a ouvir as tangas que a senhora doutora pregava aos convidados, enquanto falava de política, os levava a ver os coelhinhos que tinham nascido, ou contava as tristezas dos meninos "coitadinhos" que eram seus pacientes. Eu e a Ica ficamos doutorados em tangas. "Olha a cara dela, olha a cara dela, é agora". E era. E o que ríamos a ouvir as ferroadas da tia velha, que também à médica chegou a roupa ao pêlo num ver se te avias. Haveria ela de permitir que "a desenvergonhada" roubasse o irmão? E depois, que restaria para ela?

Tudo isto nesta casa, onde busco respostas e sossego, e onde, do nada, me apareceu um puto que vai construindo presente, vida em cima da morte, de tantas mortes. Não sei porque gosto dele, gosto. Se não fosse ele, não teria estado tanta gente à volta da mesa. Sobre o regresso da Maria, e da filhota, ainda não me apetece escrever. Acho que prefiro registar o que recebi do Serafim no final da noite. Estava com os copos, mas "in vino veritas".

"Watson, tu és insuportável. Arrogante, prepotente, eremita, mas tens aqui uma bela família, dá cá um abraço homem". Sacana do padre, arrancou-me uma gargalhada.

Todo aquele que escreve fala sozinho e alto, conversando consigo como se estivesse a fazê-lo com outra pessoa. E está. Há o que escreve e mais não faria, se pudesse; e há o que tem que ir ganhar o pão. Nessa ambivalência discordam, reclamam da parte que lhes cabe, invejam o outro. Depois há um terceiro, que raramente aparece, cansado de saber que se não fosse o que sai da caverna e caça um urso por dia, o outro nada escreveria. Quer dizer, aperfeiçoaria as frases, por certo, mas que diriam? Este terceiro só aparece, porém, quando a guerra entre os outros dois chega ao intolerável, com um a recusar-se a viver e o outro a escrever.

Houve momentos em que muito perto estive de me recusar a viver e a escrever.

A Maria chegou e já disse das suas, que eu tenho que abrir a porta daquele quarto, que jamais enfrentarei os meus fantasmas enquanto não abrir a porta daquele quarto; que está fechada há duas décadas e que, agora que arranjei isto tudo, tenho de abri-la. Psicóloga de almanaque, toda a gente é psicóloga nos dias que correm, corja de patetas-sabem-tudo. Parecem as mães que, frente aos bebés dos outros, têm sempre um conselho a dar, ai faz assim, ai faz assado, ai não faças cozido, faz frito, tudo com muitos detalhes, para mostrarem o elevado grau técnico da coisa; se houver um macho por perto, então, Deus nos livre, aí é que elas competem e mostram o quão enciclopédicas são. O que me diz a experiência é que a maioria das que dão muitos conselhos têm as vidas tão desarrumadas que mais parecem os dias de fim de feira. Conheci uma que até a casa a cheirar a mijo de gato tinha, mas quem a ouvisse falar, parecia a verdadeira 'stepford' wife. O problema não era o mijo do gato, embora eu não aprecie, era humilhar as outras mães que tinham de gramar com as suas prelecções nas reuniões enfadonhas que promovia. A Maria Leonor nunca foi a nenhuma e, um dia, a outra meteu-se com ela, tentando diminuí-la, mas a minha Maria mostrou-lhe o poder de uma língua afiada e foi remédio santo. O que a frustradita se roía quando via a minha patroa em cima da mota, com um dos nossos putos no sidecar. E o que eu me regozijava cá no meu silêncio. Nenhuma outra mulher no Mundo serviria para mim... por outras que tenha tido. Tal como escritor que é dois e nessa bipolaridade tem o casamento perfeito, também eu Paiva Watson não viveria sem a Maria Leonor.

Mas agora anda armada em parva. Andamos, aliás, arredios há muitos meses, deu-lhe para se revoltar com o meu jeito de viver, e a mim deu-me para os balanços. Ela não suporta o meu azedume, e eu não suporto a condescendência dela. Mas gosto que cá esteja, o cheiro dela, as mãos dela a deslizarem nas minhas costas quando passa por mim, o olhar, aquele olhar...Talvez, sim, precise de abrir a porta daquele quarto, mas que tem ela com isso? Quem diabo julga que é, a voz da consciência? Mas quem foi que lhe disse que preciso de um grilo falante?

Andei agoniado com o assunto do quarto parte do dia, até o padre Serafim aparecer e me convidar para irmos até ao rio, que ainda é um bocado de caminho. "Há quanto tempo não fazes uma caminhada pela aldeia?" Acabamos sentados numa pedra ao pé da água. "Lembras-te, Watson, de quando deixaste cair um sapato no rio?" Se lembro, os sapatos eram novos e entrei em casa a mancar, com um pé nu, a pedir à caseira, a Laurinda, que atrasasse o jantar, para me dar tempo para tomar banho, vestir o pijama e ter como esconder que tinha perdido o sapato. Nos meses que se seguiram, andei com as mesmas botas, até que o avô reparou, "então, comprei-te os sapatos que tanto querias e agora nunca andas com eles". Mas, "também recordo, Serafim, excelentíssimo senhor padre, que vossemecê chegava perto das meninas e, devagarinho, deslaçava as tiras do biquini para lhes ver as maminhas". "Watson, tu és mau", riu-se. "Mau? Tu é que andavas a ver as maminhas às meninas e eu é que sou mau. Ao menos, já viste um par me mamas", "Watson...", "pronto, desculpa lá".

... faltávamos às aulas e íamos para o rio, para lá era fácil, éramos seis ou sete, rapazes e raparigas, todos a cantarolar, frescos que nem alfaces, era chegar, tirar a roupa e saltar. Depois os corpos molhados nas pedras a apanhar sol como lagartos. Perto da hora do jantar, era pegar nas coisas e pensar em regressar, mas já ninguém tinha forças para caminhar, e então apanhávamos boleia em camiões de caixa aberta e uma vez fomos no meio de ovelhas, com a traquitana a abanar como se se estivesse a escangalhar e o Telmo e a Andreia ao beijos na boca à nossa frente, "lembras-te Serafim?", Amiúde chegava atrasado a casa e a sorte era a Laurinda, porque atrasava a vida. A terceira esposa do avô não tinha noção do tempo e a tia-velha estava ocupada a vociferar com alguma coisa ou a aparar o bigode. Quantas vezes a Laurinda me salvou? Essa, sim, foi muitas vezes mais do que mãe.

Nesta altura a Ica já não estava em casa, estava no colégio e eu iria partir nesse mesmo ano, assim que começassem as férias grandes. A primeira vez que saí da casa do avô tinha 13 anos. Mas a minha amizade com o Serafim é anterior à adolescência, remonta aos tempos da catequese, começou num dia em que estávamos fartos de ouvir a mestra e resolvemos fazer chichi nas pernas das catraias, ou melhor, ele faria a proeza e eu e a Ica subiríamos a uma árvore, dando-lhe as mãos e ajudando-o a subir, quando as miúdas enfurecidas viessem atrás dele. Ficamos os três em cima da árvore, com a mestra a berrar que ia fazer queixinhas aos nossos pais e avós. A gente já levava tanta tareia por razão nenhuma, ou com horas e horas num quarto escuro, que ela bem que podia esgoelar-se, nós iríamos fazer o que nos desse na veneta. Foi lição que me ficou até hoje, a vida vai bater de qualquer maneira, e tanto, que não vale a pena ceder às opiniões alheias ou a uma chantagem; e entre a espada e a parede, escolher sempre a espada. Como o meu pequeno perguntante. Hoje não apareceu, que guerras andará ele a travar?

Raramente escrevo de dia, incomodam-me os barulhos por pequenos que sejam. Comecei este diário intermitente no tempo em que trabalhava na multinacional e só pela madrugada adentro, entre o silêncio e as almas penadas, sentia ser dono de mim. Naquelas horas não cumpriria ordens idiotas, não teria que ir às finanças, ao banco, ou ao centro de saúde acompanhar as crias. Escreveria, escrever-me-ia, simplesmente.

A noite sempre foi grande companheira. É de noite que chegam as memórias, que as tristes se convertem em gargalhadas ou em compaixão, que as alegres viram doces, que a vida toma outra perspectiva. A vida é talvez isso mesmo, uma questão de interpretação. A noite foi sempre o meu melhor remédio, o meu melhor abraço, às vezes, o único, o grande alquimista. É lá que encontro a mãe, o Coelho, a parte boa da infância, as mulheres que tive, e depois o planeta inteiro.

A madrugada desliga os telejornais e arruma a um canto editoriais pejados de prosa hipócrita. Cala-se o Mundo e a estatística, ficamos nós, a sós... com o Mundo, mas caladinho, pianinho, e a perspectiva. À noite precisamos de pouco: de Mãe, "rogai por nós pecadores", de pai, Marcus Aurelius, e da nossa mulher a dormir. O resto, a persuasão gentil, o sentimento de pertença, o perdão, o Amor, tudo isso é trazido neste tempo compreendido entre o crepúsculo vespertino e o matutino, naturalmente. E quando as lágrimas caem ninguém vê, é um segredo; a noite, tal como a terra, não trai.

Vem-me à cabeça que não estamos neste Mundo para sermos felizes, perfeitos, ou para encontrarmos um caminho, mas apenas para sermos humanos, para sermos esta coisa imperfeita que é ser-se humano, para experimentar as emoções, as enormes dores e os pequenos contentamentos que só os humanos conseguem experimentar. O belo e o horror, a vida e as mortes. Ocorre-me tanta coisa diferente da que pensei há uns anos, há um mês, ontem talvez.

Entranha-se-me a estranheza de que somos feitos, do amor e do ódio de que somos capazes. Não me acontecem perguntas, só perplexidades.

Por exímias que sejam as palavras, há o lugar do inenarrável, alcançável apenas pela intuição, que só uma espécie de velhice vê. Sento-me a escrever de tarde, excepcionalmente, e assisto a uma discussão entre o Miguel e o Pedro e a outra entre a Maria e a Zulmira ... e eu que já tive uma com o meu pequeno perguntante, que insistiu em plantar cebolo comigo e depois colocou os pés do cebolo todos ao contrário, obrigando-me a começar do zero.

Assisto às duas mulheres a debaterem sabe-Deus-o-quê perto do estendal e, no fundo, aquilo mais não é do que uma questão de espaço, território, mas nem elas sabem. Já o Miguel e o Pedro entram e saem da sala e a conversa centra-se na insatisfação do Pedro sobre o trabalho, esbarrando numa certa insensibilidade do meu Miguel. A verdade é que o Pedro, repetindo até à exaustão a sua frustração, está a implorar que Miguel o salve. Como se alguém pudesse salvar alguém...

As mesmas discussões tive eu com a Maria, a vida que se repete, casa a casa, vida a vida, as arestas que magoam a nossa alma e espetamos na alma dos outros porque não temos sabedoria para mais. Apetece-me mandar-lhes um berro, "deixai-me escrever", mas eu é que estou fora de horas.

À memória vem-me uma altura, quando os miúdos eram pequenos, em que numa só semana torci um pé, tive que levar a cachopa de urgência ao hospital, no dia seguinte vi o meu filho ter um ataque epiléptico, congelando porque pensei que ele ia morrer, e dois dias depois recebi uma notificação das finanças para pagar milhares de euros com ameaça de penhora de salário por uma dívida que não tinha contraído, e eu sem um tostão. À memória vem-me ainda uma história com a minha ex-mulher, a insular com quem vivi durante a minha separação da Maria. O dia em que depois de a ir buscar ao hospital, após um internamento, na sequência de um ataque cardíaco, encontrei o carro bloqueado. Chovia torrencialmente e nem sabia para que lado me havia de virar. Também aí não tinha um cêntimo para pagar o desbloqueamento.

Os primeiros anos da infância dos meus filhos foram-me terríveis. Um homem sabe que o Mundo tem maldades inqualificáveis, dores sem tradução, destinos indignos, cruéis, cenários dantescos. Um homem sabe que qualquer sofrimento deste lado do globo é sempre um sofrimento menor, de primeiro

Mundo, mas obriga o egoísmo e a honestidade que se diga que também no primeiro Mundo se luta para encher o frigorífico. E o que eu lutei.

E o que eu discuti, tantas vezes desnecessariamente. Sempre com quem estava ao lado do coração, sempre a pedir socorro, sempre a pedir que me levassem pela mão, que me pegassem ao colo só por um bocadinho, mas sem o dizer, sem sequer o saber. Nenhuma discussão é pelo que está à superfície. Às vezes, quando saía da empresa já de noite e via um sem-abrigo pensava no Coelho, pensava que ele morto já não sentia frio, que ele jamais viria a ser sem-abrigo, que nunca iria passar fome. Todos os terrores ali à flor da pele. E depois as notícias, o Mundo a colapsar às mãos da ganância que esculpiu monstros como o ódio, o terrorismo, o medo. O Mundo inteiro, o meu mundo inteiro, numa viagem de regresso a casa... e depois chegar e ficar calado, "não tenho nada, já disse que não tenho nada", ou pior, "não me moas"...

Observo-os agora a discutir e tudo me parece tão pequeno. Há um sítio, lá no limite disto de se ser gente, onde se percebe a ilusão, onde o desapego é possível, onde tudo se ouve ao longe e os medos se reduzem, porque parte de nós já cá nem está. E se o corpo não dói, tudo se suporta. Porque é disso que se trata: suportar.

No fim do campo, o pequeno perguntante brinca, ignora que num plano paralelo há milhões de meninos como ele com fome. Este é o seu desapego, a sua santa inocência.

A quietude impera e ninguém se cruza comigo durante a noite. À noite os corredores da casa são só meus. Escrevo sossegado, eu e eu, o tipo das memórias que exige que o outro as escreva, as arrume, as liberte.

Estou de partida, a casa das raízes está arrumada, erguida dos escombros, a Zulmira e o marido já vivem na casinha dos caseiros. Com eles, o pequeno perguntante que manda tanto quanto eu, "Oshen, tens que ajudar-me com Matemática, ouviste?", meu grande amigo, vai deixar saudades. Anda feliz e a mãe também. Dai a uma mulher estabilidade e é vê-la sorrir. Se fosse mais novo, perder-me-ia nos olhos negros dela, fazem-me lembrar os de minha mãe. Um homem tem sempre muitos amores, por fiel que seja. E eu sou. Mas existem em segredo todas as mulheres que gostaria de proteger... e uma de olhos escuros a puxar a melancolia dá sempre vontade de trancar dentro do coração, dentro de um abraço possessivo e longo, que eu nunca gostei de amar depressa.

Mais uma vez abandono esta casa, a primeira foi aos treze, já a minha irmã Ica tinha ido para o colégio. Antes, a morte da mãe, as duas esposas do meu avô, a minha tia-avó, a grande aspereza dos primeiros anos aqui, mais fáceis para o fim.

Na memória sempre as tareias e as tardes passadas num quarto escuro. Acredito que foi aí que comecei a escrever mesmo sem caneta, a cabeça aprende a criar, a voar, a desligar-se do corpo; chora-se nas primeiras vezes, depois passa, deixa de assustar, só não passa a incompreensão perante a decisão de um adulto trancar uma criança num quarto escuro. Na memória as brincadeiras com a Ica, as tardes no campo aos fins-de-semana, as correrias, a liberdade, os banhos no tanque grande; e, já mais tarde, no tempo da médica maluca, as tardes passadas, depois da escola, no hospital psiquiátrico com meninos autistas e com todo o tipo de deficiências mentais. Na memória, ainda, as discussões, os gritos, os divórcios do avô, os cansaços do avô, a sua vontade férrea também, o muito que trabalhava, os conselhos que dava, sentido de humor mordaz, o riso quando as mulheres que o infernizavam não estavam por perto. Na memória, e já mais perto da minha primeira saída, e sem a Ica, as idas ao rio, as primeiras vezes que dei por mim a olhar o corpo das miúdas, para a linha que vai da cintura à anca. As vezes que à noite fazia deslizar a mão do peito até à memória daquela linha.

Foi nesse Verão que saí. O avô recebeu uma missão para o sul do país e tinha acabado de divorciar-se da médica. A Ica estava no colégio e eu recusei-me a ficar com a tia-velha. Foi o pior Verão da minha vida, porque o avô, sem ter onde me pôr, deixou-me na casa da sua anterior esposa, a professora, que ainda tinha esperanças de voltar a casar com ele. A anormal tinha uma mãe decrépita que achava que olhar para a lua era pecado, pelo que o que se respirava no número 3 da Rua do Casal, em Ilhavo, era pior que bafio. Mas ali haveria de ficar sozinho por três meses com duas aves raras. A filha continuava a estender a roupa transportando uma peça de cada vez, desde o quarto-de-banho, onde as lavava, até ao estendal; e a mãe passava o tempo ora rezando o terço, ora o rosário, sentada num banco minúsculo na cozinha. Não se ouvia palavra, porque se odiavam.

As regras eram claras: teria que me levantar pelas 8 horas, fazer a cama, tomar banho, o pequeno almoço e depois ficar sentado no sofá da sala até ao meio-dia. Não era permitido sair, porque poderia "acontecer alguma coisa", andar de bicicleta por ali "nem pensar" porque havia o risco de cair, ver televisão também não, porque gastava electricidade, e ler era como olhar a lua, pecado. Era ficar sentado a olhar para nenhures. No fundo, uma versão do quarto escuro, mas com luz. Ao meio-dia sentar-me-ia na mesa com as duas velhas, regressaria depois ao sofá e, depois, poderia sair das 14 às 16, horas em que o Diabo estaria entretido e eu estaria mais resguardado de me "acontecer alguma coisa". Às 16 teria que regressar, não fosse o Diabo tecê-las, e lá voltaria ao sofá até às 20, tempo do jantar. Via-se depois o telejornal e... cama. Claro que esta merda não durou muito, apesar de as primeiras semanas terem sido desesperantes.

Comecei a aproveitar o facto de a filha passar as manhãs na escola, e de o traste da velha estar a rezar, e punha-me a ler os livros que tinham na estante, todos com encadernação de couro, mas intocáveis, como cabe a qualquer bom saloio aburguesado. O primeiro foi "O crime do padre Amaro" e o que eu delirei com as aventuras de Amaro e Amélia, debaixo do rosário da velha. Em três meses, li tudo o que havia do Eça, eram adultérios com primos, padres desenvergonhados, incestos, beatas malvadas, sobrinhos descarados, fatalidades e falsas compaixões, subserviências e conveniências, todo um Portugal ali à mão de semear, enquanto a idosa, de olhar sempre desconfiado, mas muito rezadeira, não deixava escapar uma conta. Das 14 às 16 horas muito me divertia com os mesmos que à noite me iam ajudar a saltar da janela, depois das criaturas se entregarem nos braços de Morfeu. Ainda assim, foram três meses de provação. Mas o pior dos verões haveria, porém, de antecipar os melhores dois anos da minha vida.

Tudo me vem à lembrança, e quase tudo parece inverosímil. Doem-me os joelhos, hora de ir para a cama sentir o corpo quente da Maria... que continua a insistir na história de abrir a porta daquele malfadado quarto.

Acordo de um pesadelo, a caneta numa das mãos, o cigarro na outra.

As linhas vermelhas escorrem pelas paredes, pedaços de sabe-se-lá-o-quê espalhados, o chão uma poça de sangue. O quarto, aquele quarto trancado outra vez aqui, ao pé de mim, dentro de mim. Maldita mulher que tanto falou nele. "Tens que abrir a porta... não podes ir embora sem o abrir... tens que enfrentar" e tal e tal e tal. Um destes dias, consternada com o meu silêncio, encheu-se-lhe o peito e atirou com um "não dizes nada?"

Se Deus nos deu dois ouvidos e uma só boca, deve ser para ouvir-se mais do que se fala. Que havia eu de dizer? Não disse já o que tinha a dizer sobre o assunto? Abro as portas que quiser, tranco as que me apetecer, enfrento o que tiver de enfrentar, viro as costas ao que entender. E depois? Que tendes vós com isso?

Fumo este cigarro com ganas do próximo, tenho um homem mau a despertar - e que sossegado andava ele - vontade de acordar a casa toda, desatar aos berros, atirar cadeiras pelo ar, desfazer uma das bengalas do meu avô na parede. Deixai-me em paz! Que cá vieram fazer? Ver em que gavetas arrumava as memórias? As memórias são minhas! Faltou-vos alguma coisa? Faltou-vos alguma coisa? Deixai-me, eu sou um homem mau, um homem mau, um homem só. Abro as portas que quiser, encaixo as minhas memórias onde eu decidir. O passado é meu, o presente também, o futuro idem idem, deixai-me!

Mas, ao invés, fumo este cigarro como se estivesse a tirar das entranhas toda a raiva. Dormem todos. O pesadelo foi meu. A dor é sempre de cada um.

O meu Micas disse-me, recentemente, entre um e outro copo de Vinho do Porto perto ali da lareira, que eu era um pessimista. Nem respondi. Haverá razão para ser optimista? Optimista porque alguns de nós neste Mundo de milhões dormem de barriga forrada? Porque podem beber um copo de porto ao pé da lareira? Porque os nossos filhos estão bem? Porque ainda não foi a nossa vez de ir parar a um hospital? Porque há mar... e o sol nasce todos os dias... Também nasce todos os dias para os milhões que morrem de fome, para os outros tantos que levam com medicamentos fora do prazo de validade, que alguns países tão generosamente oferecem; para os que têm que vender órgãos para terem um prato de comida, para as meninas asiáticas que se prostituem e fazem as delícias de porcos anglo-saxónicos e afins, para os que ganham cêntimos por horas de trabalho, para os que atravessam o Egeu fugidos da guerra, para os que enfrentam doenças terminais. Para esses o sol também nasce... e depois? Deviam ficar mais felizes por isso? O sol nasceu. E, olha que sorte, amanhã vai nascer outra vez. Deviam ser optimistas e ter esperança, certo? Meu Deus, misericórdia, porque a nossa maldade, a nossa indiferença, o nosso egoísmo não têm limites...

Sim, Deus lá terá a sua Equação. Mas eu não a compreendo, e, foda-se, há dias piores. Há dias em que a perplexidade nos come à dentada.

Perguntou-me, ainda, o meu amado filho, por que razão estas coisas sempre me afligiram tanto. Respondi-lhe o que nunca antes consegui colocar em palavras. "Em cada olhar de abandono, vi sempre o meu próprio abandono, a criança magoada que existe em mim". "A vontade que outrora tive de resgatar quem sofria era a vontade que tinha de me resgatar". "Não, não era generosidade, era egoísmo". "Era sobrevivência". E, no entanto, no cume de uma montanha de indiferença, onde a solidão se fez com o Tempo a melhor das companhias, vejo-os todos à lupa e toma-me, por incoerência, a compaixão, o desespero. Sofre-se tanto neste Mundo. Somos tão impotentes, tão pequeninos. E tão mauzinhos.

Quantos barquinhos carregados de dólares viajam todos os dias para a terra-de-só-alguns, enquanto outros barquinhos se dirigem à terra-da-caridade. Hedionda caridade. Ninguém devia olhar de cima para ninguém, dois homens deveriam olhar-se sempre nos olhos, de igual para igual. Idealista? Não. Louco. Louco de pedra. Aos idealistas o Mundo interessa, a mim não me importa mais.

O escrito iria longe e é sempre sobre o mesmo. Tudo por causa de um pesadelo. Vim para aqui à procura de paz e a Maria Leonor já chegou para ma tirar. Anda a tentar perscrutar-me, ver como organizo aquilo que só a mim diz respeito, a aconselhar para que lado da alma devo olhar. Como me devo salvar...

O que eu precisava hoje era de uma boa carraspana. Vou buscar mais um cigarro e vou lá fora apanhar ar. Se apanhasse a Zulmira, dava-lhe um beijo na boca. Que saudades de um beijo na boca.

"Oshen, por que é que as pessoas se apaixonam?"

Agora que a noite vai alta, por que é que as pessoas se apaixonam? Sabes responder Paiva Watson escritor? Precisas de mim, não é? Mas eu, Paiva Watson, lobo solitário, sou um homem amargo.

Precisamos de um cigarro... Vamos lá. De qualquer forma, amigo, não vamos conseguir dormir.

É nos braços de um Outro que esquecemos, que tudo o resto vai para o Inferno, que as memórias e as aflições apagam; que a intensidade ou a ilusão da união nos liberta da dureza dos dias, que sentimos o privilégio da encarnação. Que regressamos, ou, pelo menos, ficamos mais perto do Todo, de Casa. Apaixonamo-nos porque não toleramos a solidão a que fomos votados quando nos cortaram o cordão umbilical. Não, não foi apenas de nossa mãe que nos separaram, foi eventualmente do lugar de onde realmente seremos. Já tenho um copito a mais, mas será isto... Apaixonamo-nos porque queremos o Amor, a pertença; que a provação seja menor.

Nos sítios mais recônditos e nas realidades mais inóspitas vi a paixão acontecer. Nos anos em que trabalhei naquela ONG no meio do nada, num daqueles lugares esquecidos por Deus, vi nascer trocas de olhares sedutores e sorrisos envergonhados, mãos que se davam, caminhos que se principiavam na ilusão de que viessem a ser mais fáceis.

É, apaixonamo-nos porque é a paixão que atenua a dor do corte umbilical.

Lembro-me bem da minha primeira paixão. Surgiu nos dois anos que se seguiram àquele horrendo Verão com a ex-mulher do meu avô. No segundo ano após esse verão, aos 15 anos, mais concretamente. Foi recíproco, absoluto, fulminante. Paula era o nome. Mas não me apetece escrever sobre isso, guardo para mim as vezes em que íamos estudar para casa dela e, quando deitados na cama a ouvir música, ela alinhava uma série de almofadas para separar o seu corpo do meu. Era a barreira intransponível. Era "a menina das almofadinhas". Suei as estopinhas para lhe dar um beijo. Um simples beijo. Guardo o resto. Não tenho a presunção de ter as palavras exactas para traduzir o Belo.

Muitos anos passaram, muita vida se viveu e muita dela se desvaneceu. Mas cá para nós, de Paiva Watson para Paiva Watson, a vida é muito triste sem a

 Leonor Paiva Watson

ilusão da paixão. Posso até ter ainda a capacidade de a sentir, mas nada me ilude já. E, sendo assim, sou o que se vê: um fantasma. Ou um realista, que é o mesmo. Um homem sem ilusões, que a vê a Vida exactamente como ela é, ela própria uma ilusão e feia, um palco longe de Casa, é alguém que ultrapassou as barreiras do Tempo e desobedece a Deus, mesmo que sem querer. É um maldito.

Lembra-me Herberto: "traças devoram as linhas linha a linha dos livros,/ o medo devora os dias dia a dia das vidas,/ a idade exasperada é ir investindo nela:/ a morte no gerúndio

Os pesadelos voltaram. O quarto, o sangue a escorrer pelas paredes e no chão, a morte ali à frente; o que restava que se foi; e eu que me transformo por algum tempo num forte tronco de árvore sem raiz, com um buraco de terra húmida por debaixo. Não consigo sair do mesmo lugar, mas volto a ser gente. Quero acordar e não consigo, estou preso no meu martírio. É daqui que escrevo hoje.

De dentro do sono. Na minha cama e no outro quarto, ao mesmo tempo. Peço à Maria que me abane, que me liberte, mas a voz não sai, as mãos estão imóveis. Posso fazer o que quiser, menos acordar. Ordeno que se abra a porta daquele quarto, recuso olhar o corpo estendido e a porta abre-se. Elevo-me, voo pela casa, mas o cheiro a sangue quente persegue-me, consigo vê-los todos a dormirem, consigo ver o meu próprio invólucro. Sei o que sonham. O Miguel está sentado numa esplanada de café com alguém que lhe diz que "a grande diferença entre as pessoas boas e as más é que as boas só fazem e dizem maldades quando estão tristes, e as más fazem-nas e dizem-nas quando estão felizes", o marido dele está entalado entre duas paredes que se fecham sobre si, a minha filha está no hospital a fazer uma cirurgia de alto risco e a rezar para nada correr mal. A Maria sonha comigo, vê-me a sobrevoá-la.

Olho para mim, triste corpo ali atirado ao Nada. Aqui, de onde tudo vejo, é onde tenho tudo, as mágoas, as alegrias, a história, ali em baixo só um saco vazio. Quente, apenas quente, a Maria abraça-me e dá-me um beijo nas costas.

Distraí a morte, ela acabou de entrar no quarto, de negro como sempre, toca-me, sensual, mas desconhece que a vejo de cima. Muitas noites, pela mesma hora, sinto seus passos. Vagueia e espalha ventania com seus translúcidos e vaporosos véus, como fazia quando eu era criança. Naquela altura observava-me e sorria, meiga, apontava para o meu coração e mostrava-me o estigma, enquanto tudo à volta desaparecia em ventos ciclónicos. Vejo-a agora a deslizar os dedos na minha pele, gosta de mim, beija-me ali mesmo à frente da minha mulher. Não me resiste, eu sim, uma vida inteira a resistir-lhe, e é uma bela mulher, daquelas que nos miram de frente. Esta é a minha morte, tenta-me, como um abismo que nos olha e nos puxa, mas não me leva. Cada um tem a sua, e muitas de outros pressenti, de algumas até as sombras vi.

Vou até ao passado e, muito rapidamente, revejo tudo. Está tudo nos primeiros anos, a chave da vida. Sei que vou embora em breve, fica aqui o pequeno perguntante, feliz. A casa reerguida faz as pazes com a Infância.

E eu, porque me leva a alma para aquele quarto? Com o que preciso de fazer as pazes? Não poderia a porta continuar trancada?

Sinto-me a acordar, a regressar. Consigo mexer um braço. Acho que vou conseguir levantar-me para fumar um cigarro e escrever.

[Jesus, tudo o que vivi durante o sono, já está escrito aqui].

"O que pode faltar, com efeito, ao que está à margem de todo e qualquer desejo?" Nada, responderia eu a Séneca. Nada.

A questão é que talvez não tenhamos vindo aqui para apreciar as vistas. Talvez que o desapego não seja coisa fácil, talvez algo apenas para os de vida curta, que algures intuem o despropósito de tudo, a ilusão, quem sabe. Mas, se tudo é uma ilusão, como, então, saber se qualquer outra vida, qualquer outro lugar, além deste, não é também uma ilusão? Por outro lado, que interesse tem essa merda?

O sofrimento aqui, sendo o "aqui" verdadeiro ou ilusório, é real. Ponto.

A Maria anda a passarinhar pela casa, não me deixa escrever em paz, sabe que a noite me pertence, mas anda a cirandar, apaga luz, acende luz, vai ao quarto-de-banho, vai à cozinha, abre o frigorífico... e o que me irrita. Está com a consciência pesada, sabe bem o que fez. Abriu a porta daquele quarto e dei com o meu pequeno perguntante lá a brincar. "Não fazia sentido ires embora, sem limparmos o quarto, estava um caos", assim, como se de um pequeno nada se tratasse.

Mandei o puto embora, voaram cadeiras, dei pontapés nos armários, berrei como há muito não berrava. Uivei de dor. "Quantas, quantas vezes te disse que aquela porta não era para abrir?" Caí no chão a chorar. A chorar como uma criança perdida num cenário de guerra. Esta é a minha guerra: a memória. Aflita, tentou levantar-me, "desculpa, desculpa, pelo amor de Deus, desculpa. Levanta-te". "Miguel, anda cá depressa, vai buscar um copo de água para o teu pai." Veio o Miguel, veio o Pedro, veio a filhota. "Mãe, o que faz a porta do quarto aberta? Mãe, o que fizeste?"

Foi há 20 anos, mas foi hoje. Uma das pessoas que eu mais amei morreu naquele quarto. Eu estava cá, foi num fim-de-semana que cá vim. Ouvi o disparo. A velhaca morta ao lado, o coração parou-se-lhe. Fulminante.

As ervas cresceram por duas décadas, e agora está tudo limpo, pintado, arranjado, mas era um direito meu não abrir aquela porta. Os móveis ocupam exactamente o mesmo espaço, a cama, a escrivaninha, o toucador, e tudo o resto, os livros, o diário que nunca tive coragem de ler. Estava tudo no mesmo sítio dentro de mim, mas a Maria Leonor tinha que vir mudar as coisas, teve que me agarrar pelo pescoço e levar-me até ao espelho: um espectro.

Apareceram para ver o espectáculo a Zulmira, o marido e o Serafim, "Watson, homem, levanta-te, tens de fazer as pazes com Deus, tens de perceber que Deus lá sabe o faz". Só aí me levantei e, já dizia Schopenhauer, a raiva é um excelente motor, o impulso à existência. "Vai-te foder Serafim, leva essa conversa da chacha lá para os ignorantes que te ouvem na missa de Domingo e a quem tu reservas um lugar no lar, se vos derem uma terrinha ou uma casinha, porque não se compra lugares no Céu, e que Céu!, mas doações não se recusam, não é? Como querias fazer com o meu avô, quando, depois do que aconteceu, ele ficou sozinho e eu, longe, não tinha condição para o tratar. A reforma dele e o que o Estado dava não chegava, pois não? Vai-te foder Serafim. Não te metas entre mim e Deus. Quem foi que te disse a ti que hás-de ter com Ele uma relação mais privilegiada do que eu? Quem foi que te disse que a tua Igreja O representa melhor do que qualquer simples de coração são? Vai-te embora e leva daqui a tua Igreja, repleta de católicos, mas de tão menos cristãos. No outro dia, vieste para aqui olhar de lado o meu filho, porque ele é casado com um gajo, leva daqui a tua doutrina onde qualquer um que seja diferente é desprezado, ou, no máximo, tratado com condescendência. Que tem isso que ver com Deus? Com Deus entendo-me eu, ou ele comigo. Sai da minha casa."

E foi assim, dia animado, só agora o coração bate menos descompassado. Schopenhauer dizia que a raiva era um motor, mas também dizia que não se devia deixar transparece-la com palavras ou expressões faciais, porque era perigoso e pouco inteligente. Resumindo, deve ser demonstrada unicamente nas acções, quanto mais subtis melhor. Inteligente o Schopenhauer! No que a isto diz respeito, tem uma legião de seguidores. Mas eu não sou subtil, e esta não é a história de um homem inteligente ou bom.

"Por que disseste essas coisas, ele sempre te quis bem. O Serafim é teu amigo desde a infância", ralhou a Maria Leonor com ar de mamã. "De boas intenções está o Inferno cheio mãe, e foste tu que provocaste isto. Deixa o meu pai em paz", ainda ouvi o meu filho dizer.

Enfiei-me na porcaria do quarto. Só muitas horas depois entrou o Miguel. "Paizinho, levanta-te, anda jantar, nós vamos embora amanhã, anda". Sentou-se ao pé de mim e eu arrastei-me até ele, chorei no seu colo até voltar a secar. Não fui jantar.

Não quero olhar a Maria Leonor. Eles vão embora, eu fico.

Sou a favor da eutanásia e respeito suicídio. Não me apetece escrever sobre as devidas diferenças, apenas que a libertação é um direito.

...no fim, o Coelho já mal falava, já mal pronunciava a palavra, arregalava os olhos e pedia, pela metade, "morf". O rosto daquele pedido era o retrato do terror. Lembro o dia em que tive de fazer o percurso do seu quarto até à sala do médico para dizer o impensável. "Ambos sabemos que vai partir, dê-lhe morfina e com força." Assim, a seco. A mãe a olhar-me, curvada, mirrada, consentiu com a cabeça. Assumíamos ali a sentença...

Ninguém quer morrer, abandonar os seus, ninguém deixa de amar aqueles por quem daria a vida, mas há dores tão agudas, tão inenarráveis, que deixam tão sem vida, tão só apenas com a carcaça, que, perante elas, resta uma única saída, e só um psicopata, que não consegue colocar-se no lugar do outro, que tem o secreto desejo de ver sofrer, de controlar aquilo que não lhe diz respeito, pode argumentar contra o direito de libertação.

...A morfina não resultou. As dores eram imensas. Mas a morte foi generosa, veio depressa. Mas e se não viesse? Por quanto tempo teria aquele corpo de suportar aquele sofrimento excruciante? Apenas, e só apenas, enquanto quisesse...

E Deus? Deus é Amor, e habita nos homens livres. O resto é medo ou, pior, Poder.

O estupor do gato da vizinha veio aqui dar-me cabo do cebolo.

Fui lá queixar-me e a enfezada desculpou-se com a sua voz igualmente enfezada, "gatinho, gatinho, anda à dona, meu amor, temos de conversar". Consigo jurar que notei enfado na expressão do bicho, quase como quem lamenta "o que a gente tem de aturar por um prato de whiskas". Como eu te entendo... mas o cebolo é meu... A xoninhas a contar-me os traumas do resquício de felino e a razão de ele andar mais irrequieto, "não é, riqueza?", e a riqueza a olhar para ela e eu a pensar "desgraçado, não havia de andar a foder o cebolo aos vizinhos"...

"Minha riqueza, meu amor, os traumas." Se eu vivesse com uma matrona que me chamasse de riqueza, me tratasse como se fosse seu filho e me obrigasse a vestir roupinhas aos quadradinhos também tinha traumas. A Maria Leonor que existe dentro de mim pensa "coitada, tão só", consegue ver-lhe a vida em cinco minutos, consegue ver que a amofinada fala manso, mas não vai fazer nada, apenas ficar cheia de raiva por ter sido posta em causa, mas, mesmo assim, a Maria Leonor que existe dentro de mim vai encher-se de compaixão, "coitada, tão só", e no fim vai dizer "pronto, deixe lá o seu gato ir mijar naquilo que é meu". O meu lado Maria Leonor tem que levar um pontapé no traseiro e depressa. Um supersónico pontapé no off.

E por escrever em inglês, dizem que é fino, o Self anda aqui dentro aos saltos, a ordenar que abra caminho, que deixe no passado o que já não tem futuro, como em poucas mas determinantes vezes fiz. Ou qualquer dia ando eu a decorar o cebolo aos vizinhos. Deixa lá os psicopatas, os cagões e cagarolas, os presidente da junta, os frustrados, os gurus do "pensa positivo", os artistas e artolas, e os activistas do jardim do próximo. Que te interessa Paiva Watson? Há quanto tempo já sabes que muita coisa vai ter de acabar? Manda a Maria Leonor para o diabo. Para o diabo com ela.

Dá um triplo mortal e aguenta-te. Quantas vezes o fizeste, felino? Quantas vidas ainda faltam? Soletra Paiva Watson: liberdade.

Liberdade... a que tive naqueles anos a seguir ao Verão horrível na casa da velha. Lá acabei numa residência universitária, com 14 anos, que para um colégio de padres ou de freiras, como a minha irmã, não ia eu. Eles todos na faculdade e eu no Básico. Ali fiz amigos para a vida, estava em casa. A malta reunia-se à noite a salvar o Mundo, no quarto de um qualquer, e eram conversas que podiam ir do mais elevado ao mais rasteiro, e onde as gargalhadas eram uma constante. Também havia sacanas e sacanices, mas, como a maioria de nós era maluco, o nível de maldade era ínfimo comparado ao universo dos normais, que cedo aprendem a vender a mãe por um mercedes. A gente sabia lá o que era um mercedes, era uma lata como as outras. Vivíamos em república, todos a fazer comícios ao mesmo tempo, com as calças e as camisolas uns dos outros. Nunca se tem tanto para dizer ou fazer e nunca se é tão feliz como quando se vive assim.

Foi assim por dois anos. Quando o meu avô pôde voltar a casa da missão, trouxe-me, mas quando regressei à república, para fazer a faculdade, já ia treinado. Tempos do catano. A minha malta eram os filósofos, os loucos, os das inconveniências e inocências, os do absurdo e do riso, os simples e genuínos. Os azedos também, mas daqueles que faziam manguitos. Tanta estupidez fazíamos. Quantas vezes saíamos pela janela, podendo sair pela porta, só porque sair pela janela era mais excitante. Ou meter gajas dentro do quarto... uma noite, o Zé Piriquito enfiou no nosso uma bacana feia como um ogre, só um tipo bêbado (ou a Maria Leonor!) conseguiria ver beleza num estafermo daqueles, e eu tive que levar com o som dos beijos e fazer de conta que dormia. No dia seguinte, para me vingar, acordei-o às quatro da madrugada e disse-lhe que já eram oito, que tinha que ir a correr para o exame. O gajo vestiu-se à velocidade da luz e só quando chegou perto do porteiro, a barafustar porque a sala do pequeno-almoço não estava aberta, é que percebeu... estive quase a receber um "free peeling", que é a maneira actualizada de dizer que quase ganhei uma cara nova.

A malta contava tostões, degustava atum com milho, ou variava e comia milho com atum, mas ria. Vieram depois os tempos em que continuávamos a comer atum com milho ou milho com atum, mas sem riso. E isso é que já não pode ser. No meu caso, algumas vezes foi preciso dizer "basta". O corpo diz por nós. Algumas vezes, foi preciso dizer à Maria Leonor para deixar de defender os "coitadinhos" e fazer-se à vida.

Ando lá perto, outra vez. O Self anda inquieto, que é uma forma fina de dizer: ando mesmo, mesmo, mas mesmo, fodido.

...Bla bla bla bla, olhei para a vizinha, para o cabrão do gato, mandei calar a Maria Leonor que há em mim, controlei a ira do Homem mau e disse: "está certo. Espero que o seu gatinho melhore e deixe as minhas cebolinhas em paz". Por via das dúvidas, já liguei o forno, no mínimo.

Aquela mulher sólida de olhos negros, espetada na porta da minha casa, escancarada, enquanto eu escrevia, trouxe-a o bafo da noite. Levantei o rosto e fui directo à negritude das suas pupilas. "Que queres Zulmira?", "Amor." "Não queremos todos?"

A minha mulher também me pediu amor. Obviamente, não estou capaz. Sinto as dores da mordaça que usei, a ausência de liberdade que me tolheu o Ser, logo abaixo da sua sensatez, mas da sua inércia também. Eu estou nela, sim; e ela em mim, sem dúvida sequer. Mas por tempo de mais eu apenas existi quando a força da ira desamarrava o freio. A gente quer convencer-se de que está bem, de que é assim mesmo, de que um lado complementa o outro, de que para melhor nunca se vai, enfim, da inseparabilidade da Coisa. Como na frase do outro, que diz que tudo está em tudo, ou que todas as coisas estão em todas as coisas. Pois sim, estarão, mas depois da possibilidade do caminho de cada um, ou de cada coisa. Não se chega ao Todo, sem se passar por tudo. E eu nem sequer nasci. Muitos de nós não chegámos a nascer.

Anulamo-nos na existência de uma parte de nós, de um outro, de outros, de um emprego, das responsabilidades, da solidão, do medo, do medo, etcétera, etcétera.

Ressentimento será, portanto, a palavra que se segue, seguindo-se a raiva e o fascismo, qualquer fascismo, no Ser, num país, num continente. [...] Tenho para mim que da mesma forma que o ressentimento social precisa de um bode expiatório, os judeus, os muçulmanos, os isto, os aquilo, também o ressentimento pessoal arranja um bode expiatório, o meu é a Maria Leonor. Mas a verdade é que eu deveria ter dito "não" a muita coisa, antes de ela crescer ao ponto da minha anulação. Igual na sociedade, pois a muito deveríamos ter dito "não". Toleramos em casa e fora dela o intolerável e, tal e qual o gato da vizinha, para algum lado há-se sair. Todo o fascismo é resultado de ressentimento, pessoal ou social. Todo o fascismo nasce quando se perde o amor à vida. Todo o fascismo tem como consequência natural o terrorismo.

Resta-me um pouco de lucidez e já não é pouco; resta-me dizer "não"...

...aos fascistas do agradável, do subtil, do "tem que ser". Aos fascistas do "tem calma", do "não sejas quem és", do "é preciso pôr pão na mesa". Aos fascistas do "urge ser produtivo até à última gota de sangue", do "é preciso deturpar a verdade". Aos fascistas puros que, em casa e fora dela, moldaram outros fascistas, os que não o eram mas acabaram a ser, porque aceitaram, porque acumularam o ressentimento pelos outros desejado. "Não" também a estes últimos, que hão-de eles também fabricar mais, porque o fascismo espreita em cada um de nós, em maior ou menor pujança, à espera de tomar conta.

Chegados aqui, não se trata apenas de não mais Amar, embora aqui esteja a essência; é mais do que isso, trata-se do risco do absoluto vazio. [...] No que me diz respeito, trata-se de antes ter chegado à náusea. Trata-se de, felizmente, ter chegado à náusea.

Penso nisto tudo com a caneta na mão, a olhar os olhos negros daquela mulher que me interrompeu a escrita. Que mensagem da vida me traz? Quanto tempo vai demorar para a entregar?

"Que queres Zulmira?", "Amor", diz ela. "Não queremos todos?", pergunto eu. Levanto-me e vou na sua direcção. Tento segurar os passos, mas o atrito impele. Bem pertinho, aquele negro olhar engole-me e vou para um sítio qualquer, antes mesmo de lá chegar. Que faço?

A caminhar para ela, pergunto-me "que faço?"

Traio, como bom filho-da-puta que sou. O que fazemos quando chegamos ao limite e não conseguimos enfrentar a Verdade é trair, é escapar, por tanto tempo quanto nos for possível. É tiranizarmo-nos e tiranizar os outros com a nossa frustração, através da mudez, da raiva, ou, simplesmente, da tristeza. E aqui vamos nós no carrocel do ressentimento, da ira, do fascismo, do terrorismo, em casa e no Mundo, bla bla bla.

Quando o que sacrificamos pelos outros passa a magoá-los, em vez de protegê-los, alguma coisa tem de mudar. Ou acabamos a trair.

Caminho para esta mulher, e não a vejo apenas. Vejo o meu passado também.

Lembro o dia em que descobri que a minha filha, ainda muito pequena, a minha menina com cara de anjo, andava na escola a vender perfumes feitos de uma qualquer mistela e que, ainda por cima, fazia bom dinheiro. Lembro que fiquei boquiaberto e decidi que aquilo tinha de acabar. Lembro que também não estava para ouvir a Maria Leonor neurótica, a gaguejar que tinha as mães das outras a telefonar lá para casa, a queixarem-se de que tinham uma série de camisolas das filhas cagadas. Lembro a minha prelecção, e lembro, sobretudo, o que me respondeu a pequena, encolerizada, filha de seu pai: "eu disse o que era, elas quiseram, elas compraram. Não enganei ninguém. Ficas sabendo que estou a treinar para ter um negócio, ninguém vai mandar em mim, eu não quero chegar a casa com umas trombas como as tuas". Com umas "trombas" como as minhas...

Naquela conversa teve início a maior mudança profissional que fiz.

A minha filha não me agradeceu por todos os dias que, durante anos, estive miseravelmente infeliz naquele sítio, a produzir conteúdos, para poder comer e pagar contas [se quisesse mais, teria de arranjar um segundo emprego]. Ou por só ter começado a aparecer de "trombas" quando não aguentava mais e, mesmo assim, ter aguentado por muito mais. Não... O que ela disse foi que não queria ser como eu. Que não queria ver as minhas "trombas".

Pela vida fiz outras grandes mudanças, profissionais e pessoais, mas sempre já depois do limite, sempre muito depois do que é plausível: o sacrifício pelos nossos. Sempre depois de me ter traído e, em alguns momentos, depois de trair. Por medo. Por covardia. Porque o que realmente queremos nos parece uma Ilusão, e não percebemos que Ilusão é o que vivemos, sobretudo, quando acreditamos que o que temos está garantido. Não está. Nada é nosso. Nada. Nem os filhos. Esta não é a nossa Casa, nossa verdadeira morada. Mas esta é a nossa vida, a nossa sociedade, mais valia vive-la com alguma verdade.

Caminho para esta mulher e não a vejo apenas. Vejo o meu passado também.

Fui sempre assim. Estou a conversar com os demais e, além do que dizem, ouço o que pensam, linha a linha, tudo o que está à volta também, revendo a minha história, e vendo a deles. É toda uma orquestra, toda uma torrente de notas, onde a verdadeira melodia, está, na maior parte das vezes, nos intervalos. No silêncio.

"Que queres Zulmira?", "Amor". "Por quanto Tempo Zulmira? Uma noite, uma vida? De que amor falas Zulmira? Do arroubo do corpo que não aguenta a abstinência, do da personalidade que não aguenta a fragilidade dos dias, ou do da alma, que não aguenta a cósmica solidão? É desse amor em forma de tríptico que falas? Desse que se pode fazer e desfazer depressa? Quantos quilos queres? Quantas horas de amor queres, Zulmira? Posso fazê-lo em meia hora, chega?"

A caminhar para ela, pergunto-me "que faço?"

Avanço lentamente, entro nos olhos dela e viajo até não-sei-onde, há muito que me traio, é verdade. Há fins que vão ter de chegar. Muito caminho fiz, outro tanto faltará. Há fins que vão ter de chegar...Que vontade de ter esta mulher nos braços, dar e receber carinho... Mas, desta vez, ninguém há-de premir o gatilho da arma que eu carreguei. Ponho-lhe as mãos nos ombros e digo: "Vai para casa Zulmira".

Rebento por dentro.

Pela madrugada ouvi barulho. Receei ser a Zulmira de novo, não me faltava mais nada, mas era o gato da vizinha, andava no meu cebolo outra vez, a destruir tudo, um ponto amarelo no meio da noite. Ainda não posso acreditar, a xoninhas vestiu-o com uma t-shirt amarela.

Ponderei ir enxotá-lo, bater na porta da mulher, voltar a chamá-la à razão. Essa é sempre a primeira tentação, resolver as coisas no debate, no ponto de vista, da calma ao berro, mas no ponto de vista. A vida, porém, já ensinou que não raras vezes não vale a pena. Quem se queixa, quem diz "basta", é que é mau, é que tem má vontade. Decidi, portanto, dar-lhe a provar do seu próprio veneno, usar dos seus recursos e observar depois como se sente, se é mesmo psicopata, ou se, afinal, é gente.

No meio da noite, tal e qual ladrão, com uma tesoura de poda na mão, que foi a primeira coisa que me apareceu, fui até ao terreno dela e dei-lhe cabo da vedação de arame, fazendo buracos gigantescos. Não contente, parti de uma pancada seca e quase muda todos os lampiões que tinha no campo. Regressei a casa, pela calada. Antes de trancar tudo ainda vi o gato.

Acordei cedo para ver o espectáculo. Et voilá!, não é psicopata, é gente. A estafermo estava desesperada, primeiro a praguejar de braços no ar, depois com eles a segurar a barriga, finalmente, de bruços no chão. E o dinheiro, ai meu Deus, o dinheiro, vociferava. Sim, o dinheiro. Milhares. Também o gato dela leva milhares a quem trabalha, à vizinhança inteira, e ela não quer saber, contando que lhe pingue o que baste e o que sobre para lhe tricotar camisolinhas aos quadradinhos e fazer t-shirts amarelas.

Saí de casa e, num libertador exercício de cinismo, a única verdade que se lhe adequa, fui até à dela, oferecendo ajuda. Aflita, respondeu-me que a sua propriedade tinha sido vandalizada, que iria ter uma despesa enorme, que estava com medo. Retorqui que a entendia muito bem, porque me tinham feito o mesmo. Ficou muito espantada e quis vir comigo para ver. Mostrei-lhe o cebolo todo fora do sítio, a terra toda revolvida, tudo estragado.

Ficou em silêncio.

O caderno acabou. Por acaso, passando a mão pela sua capa e abrindo-o, num gesto pouco pensado, percebi que as folhas brancas tinham esgotado. Não tivesse isto acontecido a meio da tarde, não teria ido ao centro da aldeia, à velha papelaria Capadeira, e não teria visto o que vi. Bem melhor seria.

A ideia era ir e vir depressa, e andar por aqui depois, a gozar a pacatez das horas, receber o pequeno perguntante, até porque ficamos de ir tomar um banho no tanque, como eu fazia com a minha irmã Ica, enfim, ir deixando o dia espreguiçar-se. Nada disso aconteceu. A meio do meu caminho haveria de estar um grupo de pessoas, uns sete adolescentes, e uma mulher de braços na cabeça, a rodear um homem, parecido aos descritos nas histórias dos velhos patriarcas, que dava com um cinto no couro de uma catraia.

O cinto no ar, o cinto a descer às costas, o barulho da fivela na carne, aquele estalo a cada par de segundos. A cachopa encolhida, numa parede, a janela sem grades aberta, a aldeia a ver. A aldeia calada. Ninguém se atrevia a interromper a fúria do patriarca, despenteado, grande, quase desproporcional, patético.

É sempre aqui que esbarramos, no silêncio, no de Deus e no dos homens. Que fazia aquele cinto a estalar nas costas da criatura? Nós, cristãos, que ainda hoje choramos copiosamente a morte lenta de Cristo na cruz, cujo crime foi ser inconveniente, vemos todos os dias uma cena onde poderíamos intervir e nada fazemos. E eis que me vejo, tão frequentemente, ultimamente, perante a razão pela qual, chegada a idade em que o podia fazer, me retirei do Mundo, ou da casa do Capeta, como diria o meu Raduan Nassar. Muito pó comi antes, muito me engasguei, muito arrisquei, por mim e por outros, muita maldade vi, generosidade também, é certo. O mal foi prevalecendo, contudo. Os vícios perpetuam-se a cada rolha que enfiamos, a cada vez que assobiamos para o lado, porque não é nada connosco. A cada vez que só nos lembramos da generosidade dos que em segredo chamamos de idiotas, ou até odiamos, quando a desgraça nos toca.

À memória vem a Carlota, personagem completamente indiferente ao sofrimento alheio, embora trabalhasse na mesma ONG do que eu. Encontra-se de tudo em todo o lado. Era o género que fazia beicinho e tal, mas, na hora da verdade, os outros que se lixassem. Um dia, sem dinheiro, bem, a Carlota estava sempre sem dinheiro, e vivia parcialmente às custas dos outros, mas naquele dia, sem cheta alguma, decidiu encarnar a coitadinha, completamente convencida de que eu, que na sua perspectiva fazia parte dos idiotas que se revoltam com os males do Mundo, ia cair na cantiga. Ficou chocada quando resumi os seus esforços num redondo "não" e, então, a resmungar, começou a elencar os seus feitos. Um deles era ter sido capaz de alimentar uma amiga, porque chegou a enviar-lhe, numa altura de necessidade, "umas latas de conserva". Que generosa. No fim da missa, repeti "não". Ainda estou para saber quantas latas mandou.

Como me detestava, como eu a ameaçava por muito quieto que estivesse. Mas, verdade seja dita, eu não era muito de ficar quieto. Como não fiquei hoje depois do que vi. Sou velho, doem-me os músculos, uma dor constante, com graus de intensidade variáveis, que só duas coisas aliviam, sexo e ruindade. Não há, todavia, dor que segure a revolta, e em mim, pelo visto, ainda há resquícios do asco perante a prepotência e a indiferença, frontal ou disfarçada. Galguei a janela e entrei numa casa que não era minha, peguei na ira que pegou no cinto daquele homem mais alto, mais forte, mais tudo do que eu, e estalei-a nas suas costas, como ele fez com a catraia, até o vergar perante aquela que vim a saber ser sua filha. Até à única linguagem que parecia conhecer: a lei do mais forte.

Pela janela entraram depois outros e separaram-me do patriarca. O homem não falava, humilhado, a mulher não se calava, eu preso nos braços daqueles homens ouvia tudo ao longe. A catraia não tinha cumprido uma ordem qualquer, tinha ficado na conversa com as amigas, e era todos os dias a mesma coisa, e ele era bom homem, mas tinha aquela coisa com aquela filha, com os outros não era assim, era mais tolerante, podiam não cumprir, desde que não arrebitassem cabelo, ela é que era muito espevitada. O pai até já tinha dito que não se faria rogado em colocá-la no olho da rua. Ali, naquela família, uns eram mais irmãos do que outros, sintetizei. Uma verdadeira família. Só amor.

Tenho dores horríveis, escrevo com o pulso dorido. Adoça-me, porém, a visão das cerejas que a Zulmira colocou num prato, no parapeito da janela. Mas o som do cinto persiste. O dele a bater na cachopa, a cachopa que há-de vir a bater em alguém, que há-de vir a bater também, o som da minha loucura a bater nele, que já levei, que tanto levei, que já bati.

Quem apanhou a cena a meio ficou a pensar que era eu um homem mau. E tem razão, sou eu o Homem mau. O Sujeito, o cada um e cada qual.

Dia corriqueiro, sereno. Apareceu-me, depois do almoço, o pequeno perguntante para o prometido banho de tanque. Já de calções vestidos e tronco nu, assoma-se à porta e grita "Oshen, anda".

O tanque cheio até cima, nós com o traseiro enfiado nas bóias, a cabeça para trás, o tronco a apanhar sol, os dois exactamente na mesma posição. Disse-me que queria tirar os calções, estavam "muito apertados", e preparava-se para fazer grande birra, quando lhe respondi que teria de ficar com eles, não fosse o gato da vizinha ter aparecido. Não deixa de me surpreender o facto de ser tão parecido comigo. O tigre da xoninhas chegou de mansinho, com uma camisolinha vestida, pobre bicho, tirei-lha e, sim, desta vez juraria que sorriu. Ficou na beira do tanque de barriga para cima, todo esticado, até me pareceu, num relance cortado pela luminosidade, que estaria de patas trançadas. Ali os três, nem o som das leves asas de um insecto. Nós, a vida, simples, afastada; a luz, a água e o infinito azul acima.

"Oshen, por que ainda não foste para a tua outra casa?" Não podia o fedelho ter ficado calado?

"Porque não", respondi. "Eu sei porquê", "ai sim?", "Sim, tu já não gostas da tua mulher", "olha lá, tu não queres estar caladinho?", "A minha mãe também já não gosta do meu pai". Fiz de conta que não ouvi. "A minha mãe pôs o meu pai na rua", "mas ele continua a vir trabalhar na terra", "sim, mas já não dorme lá em casa". Quando lhe perguntei o que pensava do assunto, encolheu os ombros. "Oshen, tu podias ser meu pai." Estranho o querer substituir de tão lesta forma o progenitor, mas resolvi brincar. "Sim, já agora a tua mãe vinha viver para aqui contigo e fazíamos bolos o dia todo". Com o ar mais plácido do mundo, retorquiu que o melhor seria, ao invés, eu ir viver para a casa dele. "Mas a tua pertence aqui e esta é a principal", alimentei. "E depois? Esta não foge, podes morar lá, tens medo de não caber?"

A Zulmira separou-se. Faz agora mais sentido a aparição dela na outra noite.

"Oshen, as pessoas dizem que tu és assim por causa do que aconteceu", "assim como, pá?", "assim, não dás muita conversa, não sorris muito, vives com os teus pensamentos e assim, como os maluquinhos, elas dizem que é por causa do que aconteceu", [silêncio] "muito sabem elas". "Oshen, o que aconteceu naquele quarto?" [silêncio]. "Oshen, já sei, tu mataste alguém", e levou a mão à boca fingindo um grande choque. "Matei, à paulada. E também mato à paulada curiosos." Desatou uma gargalhada tão sonora que o gato estremeceu.

Ficamos calados um pedaço. O Mundo longe. O sol generoso, os corpos largados, embalados. Mas o peito apertou. Há muitos anos, eu estaria ali mesmo, do tamanho dele, com a minha irmã.

Hoje fui com o puto comprar sulfato para deitar nas videiras e ouvi as proprietárias da drogaria dizerem a uma outra cliente, deveras zangada, que a vida deve ser levada com uma "postura mais zen".

De facto, o que o Mundo precisa é de uma "postura mais zen". Guardem-se as perguntas, todas, sobretudo as elementares, sentemos e aguardemos, meditemos, aprendamos a respirar, e, eventualmente, tudo se iluminará.

Um tipo sai de casa para ir comprar sulfato, apenas sulfato, fica a saber que para conseguir o produto precisa de um curso, não compreendendo se o mesmo é para aprender a fazer uma coisa que toda a vida fez ou se para ensinar, e, pelo meio, interrompido pela insatisfação alheia, tem que levar com uma versão da teoria zen, provavelmente saída numa promoção do skip tira nódoas.

... o batom encarnado a escapar pelos cantos dos lábios, as regueifas bem delineadas debaixo da camisolinha de algodão de generoso decote, as ancas a esgaçar a saia justa, os saltos altos e... a teoria zen, cuspida com vírgulas entre o sujeito e o verbo. Não fosse o bastante, entrou ainda em cena a cria de uma, exactamente igual, mas em versão esqueleto, com a cabecinha inclinada sobre o ombro e a malinha pendurada no antebraço. Fazem-se em série. Parecem saudáveis rebanhos, tão fôfos, tão zen.

A cliente descontente lá se foi com a urgência de aprender esse tal de zen, para não se incomodar tanto quando lhe venderem gato por lebre e lhe forem à bolsa. E e eu ali, parado, caladinho, cheio de respeitinho, à espera para voltar a implorar pelo meu sulfato, quando ouço o meu pequeno perguntante: "Oshen, o que é zen?"

"É sorrir mesmo quando nos enfiam um pau pelo cu acima."

Largava-me na escuridão da sala, quando pela janela a vi, linda, vagueando no campo.

Decidi ir ler as notícias e esbarrei com mais uma manifestação dos colégios privados. Já não há saco para esta merda. Enchem-se páginas com todas as iniciativas destes tipos que, durante anos, viveram à conta do Estado, montados num passado onde a escola pública não cobria o território, e que agora andam nas ruas a berrar, vestidos de amarelo, porque alguém finalmente se lembrou que a rede estatal já está suficientemente disseminada e que, assim sendo, é preciso fechar-lhes a torneira.

Já não há saco para esta merda. Os jornais que arrancaram em força com os milhões gastos anualmente com estes colégios, começaram, entretanto, a ser pé de microfone dos amarelos que clamam pela "liberdade de escolha" e ameaçam com o despedimento dos professores, caso a mama não os continue a alimentar. Pergunto-me o que irão escrever quando os amarelos amarelarem o início do ano lectivo. Irrita-me ouvir falar em liberdade de imprensa, e irrita-me que no meio da minha irritação me apareça ela, a Zulmira, outra vez.

Recordo que, sobre isto, há uns dias, contou-me ela que aqui no cu do Mundo, perto da escolinha do pequenito, existe uma escola pública de 2.º e 3.º ciclo com um desses colégios ao lado, "com tudo, mas tudo mesmo do bom e do melhor". O director, acrescentou, é o meu velho amigo de infância, o padre Serafim, também director do lar dos velhos e da creche. Contou ainda que o pasquim cá da terra tem amiúde páginas inteiras a publicitar o colégio e que o filho do seu director, que é amigo do Serafim, e vai à casa e à missa dele, estuda lá. Rezam as más línguas, "sem pagar", segredou. Paga ela. Pago eu. Pagamos nós.

Com a ajuda dos jornais, os de paróquia e os nacionais, não é subsídio-dependência, é "liberdade de escolha". Mal comparado, é como diz o povo, a pobre vai parir um moço, a rica dar à luz um menino.

Soltou ainda a Zulmira, enquanto dobrava os lençóis, que "é ver os papás dos meninos à porta do colégio nos seus grandes popós", uns senhores!, os mesmos que tanta sopinha de cavalo cansado enfardaram em fedelhos, e que aprenderam depressa a vender a alma ao Diabo, que ser pobre é duro como o caralho e é preciso tê-los no sítio para crescer devagarinho. É, "nunca peças a quem pediu, nunca devas a quem deveu", diz o povo.

Deu-se-me engulhos tanto amarelo e não me apeteceu ler mais nada, muito menos sobre o tombo de cinco mil milhões para mais um banco. Mais um banco. Paga ela. Pago eu. Pagas tu, pagamos nós.

Voltei à janela e lá a vi outra vez a apanhar o ar fresco destas primeiras noites quentes. Num pulo pus-me no campo e, sem me anunciar, sorrateiro, agarrei-lhe por trás a cintura, colando o meu corpo ao seu e entrelaçando a outra mão na dela. Escapou-se-lhe o susto num pequeno grito que calei no ouvido sussurrando "trigueirinha". Devagarinho, com a minúcia que merece uma noite de lua cheia, guiei-lhe os passos, em cima dos meus, até ao quarto proibido.

Até ao quarto que esteve fechado por mais de 20 anos.

Virada de costas a despi, de bruços a deitei, vulnerável, linda, minha. Pela espinha comecei, a boca vértebra a vértebra, centímetro a centímetro, uma das mãos a segurar-lhe a nuca. Arqueava a minha fêmea: minha tentação, minha escrava. Ah, os meus braços depois por baixo dos seus ombros, o encaixe perfeito, o cheiro, o balançar dos corpos e a doce crueldade. Parar a meio, ficar imóvel, sentir a revolução lá dentro, as contracções, o gemido, a súplica, "anda... não pares... anda". "Anda" nada, vou ensinar-te o Tempo. "Anda" sim, quando eu quiser...

A tensão, o crescendo, o que não é mais possível aguentar, o acelerar, os gritos, foda-se, os estertores, a morte, o corpo que cai no outro, tão bom, tão nosso. O Tempo...

"Vira-te". O beijo, as línguas enroladas, a paixão. A minha mão no rosto dela. O beijo. O silêncio, o ar que entra pela janela escancarada do quarto, o resto da noite e os seus pés no meio das minhas pernas. O começar de novo, olhos nos olhos sem os desviar, as coxas levantadas que me apertam e prendem, eu o escravo.

A lassidão, a embriaguez.

"Trigueirinha..."

Assim falou Camus: "O bacilo da peste não morre nem desaparece nunca, pode ficar dezenas de anos adormecido nos móveis e na roupa, espera pacientemente nos quartos, nas caves, nas malas, nos lenços e na papelada. E sabia também que viria talvez o dia em que, para desgraça e ensinamento dos homens, a peste acordaria os seus ratos e os mandaria morrer numa cidade feliz."

"A Peste" encontrei-a aqui perdida, deveria estar na casa do Alentejo, mas anda por aqui. A peste está em todo o lado, a incubar, à espera do desespero dos homens comuns, daqueles que não mais confiam e querem castigar os seus líderes, ratos vis e sujos que minaram a confiança nas instituições, que deixaram os povos à mercê da solidão, que os deixaram à mercê do ressentimento que leva às más decisões, dos ratos ainda piores que hão-de vir.

...vou fumar um cigarro lá fora. Lembrar a noite com a Zulmira, lembrar o amor feito ainda às escondidas no quarto proibido. Não queria a Maria Leonor que abrisse aquele quarto, que enfrentasse os meus fantasmas? Não abriu ela a porta sem aviso, libertando todas as dores e esfregando-me a poça de sangue que ainda hoje vejo no chão? Não queria que enfrentasse a morte? Pois bem, foi em cima da morte que reinventei vida. Ah, Maria Leonor, não se brinca com um sobrevivente.

Um cigarrinho e uma mijinha no plátano. Volto daqui a bocado, preciso escrever e olhar as ancas da Zulmira a arrumar a casa em silêncio.

Regresso, devidamente oxigenado e aliviado.

E regresso a Camus, pela boca de Rieux: "...para desgraça e ensinamento dos homens". Certo da desgraça, completamente incrédulo face ao ensinamento. Se alguma coisa alguma vez tivéssemos aprendido, os ratos estariam já eliminados. Olho para o Mundo e nada me apraz dizer, excepto que metade morre de fome, a outra metade de falta de valores; e todos morrem às mãos de elites corruptas, da lei do mais forte, de gente que deu cabo de projectos que poderiam, de facto, ter construído um Mundo melhor. Políticos, diplomatas, Comunicação Social, todos, desde o mais pequeno exemplo, ao maior, traíram e traem todos os dias os seus.

O Homem comum está só. No melhor dos mundos, é tratado com condescendência, com falta de respeito, é enganado com um sorriso nos dentes e a conivência dos Media. O Homem comum não confia. A existência das instituições e organizações que deveriam protegê-lo são governadas por charlatães, por conveniências de maior ou mais pequena escala. Falharam. Falhou assim a Democracia e não tenho grandes dúvidas (mas eu sou um velho, pessimista por convicção) de que o Homem comum há-de castigá-los, decidindo ainda pior, cedendo pois aos seus medos, elevando ao Poder ratos ainda piores.

Poderemos estar assim tão admirados com os Brexits da vida?

Hão-de os medos fazer os dias. Ergueremos mais barreiras e divisões, ouviremos sobre os povos papão. Ouviremos ainda sobre o Deus bom e os Deuses maus. Todos, todos os velhos fantasmas se levantarão porque o Homem comum, que tem medo e está só, não sabe que não é a ausência de fronteiras e o Deus dos outros que provoca a morte, mas sim os homens-elite, os que elevaram a Deus o dinheiro e a ganância.

Tece assim o Homem comum, na sua ignorância, na sua solidão, na sua alma de homem traído, o regresso do fascismo. E o que há de novo aqui? Nada. Absolutamente nada.

Assim falou Camus: "...os homens são sempre os mesmos"

Té ao quarto que esteve fechado por mais de 20 anos. "Porquê aqui?", perguntou ela, "toda a gente sabe o que aconteceu aqui", insistiu.

Fiquei calado.

Prostrado nos braços daquela mulher, uma vida inteira já me tinha passado pela cabeça. Cheguei a dormitar, a levantar, a ir lá fora, a escrever. Ela sossegada. A manhã, a tarde, a luz. Ela a arrumar. As ancas dela. Eu para aqui. A vida, o Mundo, tudo a rodopiar. As notícias, os livros e as memórias a dançarem ali pertinho de nós, Victor Hugo até, "metade de um amigo é a metade de um traidor". Sempre, em maior ou menor escala, a traição. "Porquê aqui?", questionou ela.

A minha irmã suicidou-se neste quarto. Pegou na semi-automática do velhote e rebentou os miolos em frente ao espelho e ao lado da tia velha que tantas vezes a espancou em criança por razão nenhuma. A minha irmã não aguentou. Não aguentou uma das coisas mais naturais da vida, uma das sementes da vida, da vida e do Mundo como o temos hoje: a traição.

Andava há meses a lutar para salvar um casamento, e, paralelamente, andava há meses a ser perseguida por um bonitão que parecia o salvador, aquele que a iria tirar do meio do oceano, onde ela e o marido eram dois náufragos implorando por salvação. Ela bem sabia que não havia salvadores, mas um dia cedeu. Numa noite do diabo, em que um beijo parecia sinónimo de paz, e estando ela tão farta de guerra, enrolou-se com esse canalha que esteve três meses depois sem lhe falar, com medo de que ela o fosse pedir em casamento. Fez o que tinha que fazer, contou a verdade ao marido e acabou com o já acabado casamento. O marido era o amor da vida dela, ele sentia o mesmo, mas não se entendiam. Ele foi embora e ela ficou órfã outra vez. Vendeu a casa, regressou à do avô, e continuou a aturar a tia velha, cuja idade agudizou as características: azeda, má, sem real compaixão pelas tristezas, ou real alegria pelas conquistas, dos demais.

Aquela noite com aquele cobarde, e aquele regresso à aldeia, premiram uma arma há muito carregada. As memórias fizeram uma festa. A orfandade de mãe, o pai que emigrou e nunca uma carta escreveu, as tareias em criança, as mulheres do avô que eram como se fossem madrastas, e, sobretudo, a omissão do avô, viciado em trabalho, que tinha lá os seus ataques de ira, mas no fundo não era mau. Apenas deixava que os outros fossem, apenas não protegia os seus. Apenas era um traidor. Anos e anos volvidos e ali estava ela, divorciada, a discutir com a velha outra vez, a ver o avô a fazer de conta que nada via e ouvia. Sem filhos, o vazio. Teve mais um amor pelo caminho, uma tentativa, digamos. Mais uma que falhou.

Um dia telefonei-lhe e senti a voz dela tão triste que me meti no carro e vim cá para cima. Na altura eu vivia em Lisboa, os putos ainda eram novitos e ainda tive que pedir dinheiro emprestado para a viagem, porque, apesar de o avô ser rico e poder ajudar, eu e a Ica vivemos muitos anos com muitas dificuldades.

Foi nesse fim-de-semana que ela se matou. Hoje sei que planeou aquilo durante meses. Não era mulher para falhar. Não há maior vergonha para um suicida do que falhar. O simples facto de se ter matado com a arma do velho não foi ao acaso, foi uma vingança. Matou-se com a arma daquele que não a protegeu, matou-se com a arma daquele que a matou.

Eu estava cá fora, andava a apanhar umas laranjas com os pirralhos e ouvi uma discussão. Era mais uma entre a irmã e a velhaca, nada de novo. Não sei quanto tempo depois ouvi um disparo. Mesmo que nunca se tenha ouvido aquele som, qualquer um percebe imediatamente o que é. É a morte. Corri, o coração a disparar, a alma a avisar, eu sabia que era a minha irmã. Foi sempre assim, sempre soube o que ia encontrar, sempre soube o futuro, não porque tenha dons de vidência, mas porque depois de algum sofrimento a Matemática da vida fica por de mais óbvia. Eu sabia que era ela, era a minha irmã, a pessoa que eu mais amava ao lado dos meus filhos, era a parte boa da minha infância, de mim, que se ia. Como podia Deus fazer-me aquilo? Eu a correr e as perguntas a correrem também.

Entro no quarto e está ela caída, uma enorme poça de sangue, salpicos em todo o lado, alguns escorrem na parede. A velha morta ao lado. Acho que a velhaca a viu com a arma e tentou impedir. Mas também penso que a minha irmã quis que a velha visse. Chamei a ambulância, a polícia, correu como normal, a velha morreu de ataque cardíaco. O funeral, o espanto dos vizinhos porque as enterrei em pontas diferentes do cemitério.

O meu avô nem palavra proferiu. O homem do silêncio, a quem o tempo apaziguara as iras, o grande traidor, aquele que não protegeu os seus, estava calado.

Ainda antes, no velório, lembrei-me de a minha irmã me ter dito que nenhum dos seus amores alguma vez lhe tinha oferecido um anel. Pulseiras, colares, brincos, sim, mas um anel como deve de ser, não. Não era apegada a bens materiais, mas era romântica em segredo, gostava de anéis, de flores, jantares e pequenas surpresas, como uma frase ou um poema. Comprei-lhe um anel de ouro branco com brilhantes incrustados, com dinheiro emprestado também. Coloquei-lho no dedo e ao lado coloquei "A arte de viver" do Epicteto.

Não chorei, uivei... A dor.

Fiquei por aqui uns tempos. Tentei encontrar uma sítio para o velhote morar porque eu haveria de partir, mas a reforma dele, apesar de boa, não chegava, chegaria com uma doação, enfim.... Neguei e ele acabou por decidir ficar no que era dele. Muito deve ter pensado na sua maldade, no que não fez. No quanto deixou que outros espancassem os seus.

Mandei limpar o quarto da minha irmã e fechá-lo, proibindo que mexessem ou doassem as coisas dela. O quarto ficaria como estava: ali era o inviolável espaço de uma pessoa que quis ser boa e a quem a vida, pelas mãos dos que a deveriam ter protegido, traiu. O velho teria muito tempo para olhar a porta trancada. E oxalá tenha olhado, embora, afinal, não tenha sido tanto tempo assim.

"Porquê aqui?", perguntou ela. "Porque me obrigaram a abrir o quarto... e já que assim é, então, que seja reaberto com vida, com amor. Eu gosto de ti Zulmira. E gosto do teu filho", "eu também gosto de si", "de ti", "sim, de ti". "[Silêncio] ... Não Zulmira, tu não sabes quem eu sou. Vou contar-te quem sou e dizes-me depois se ainda gostas de mim."

E contei. Contei?

Meses depois da morte da minha irmã, decidi vir cá para cima uma semana com os putos, cada vez mais velhos, cada vez mais reguilas. Num sábado pela manhã apanhei o meu avô a fazer o que sempre fazia aos sábados de manhã: limpar a arma, meticulosamente. Depois, costumava engraxar os sapatos, alinhá-los todos e, duas horas depois, puxar o lustro. Naquele sábado, os sapatos ficaram na sapateira.

Primeiro, pegava na arma e removia-lhe o carregador, puxava o slide e verificava se não havia nada na câmara. Verificava uma e outra vez. Depois limpava e montava, a parte final era passar um pano. Sempre da mesma maneira. Naquele sábado, com os miúdos lá fora, eu à porta a vê-lo fazer aquilo, entrei, já depois da arma limpa e com o carregador colocado. Estava de costas, mas viu-me pelo vidro da janela.

Não olhou para trás. Há momentos em que o Destino de dois homens se cruza e ambos sabem exactamente o papel a desempenhar... numa Narrativa que não é a nossa, num Relógio cujos ponteiros não são acertados por nós, num Tempo que não nos pertence.

Ele de pé, sempre de pé, tinha os braços caídos, a arma na mão direita, o indicador no gatilho. Olhava para mim através da janela. Sorriu-me, sorri-lhe, pus a minha mão direita em cima da sua mão direita, a minha mais forte, mas mais pequena do que a dele. Agarrado a ele, à mão dele, levantei-lhe lentamente o braço. Sem oferecer resistência veio comigo na viagem de uma vida. Parou na têmpora. Foi só fazer um pouco de força com o meu indicador em cima do seu indicador.

Outra vez a polícia, suicídio, declararam. Outro funeral. As carpideiras. E a frase ensaiada quando me vinham falar da "ai que grande desgraça": "é próprio da condição humana", respondia. Não é minha, é de Epicteto, em honra à minha irmã.

No dia do regresso à cidade, lembro-me de pensar que era completamente órfão, que sempre o tinha sido, mas que agora era rico. Nunca senti culpa. Estive vinte anos sem cá pôr os pés.

"Ouviste Zulmira? Nunca senti culpa."

Ela disse-me que não acreditava. Que os vizinhos falavam disso, que inúmeras vezes tinha ouvido sobre a maldição que caíra na casa grande, que contavam que eu estava lá fora com os miúdos quando se ouviu o tiro, tal e qual como no dia em que a minha irmã se suicidou, que tudo tinha sido igual, que até o dia tinha sido o mesmo: sábado.

Abri este diário hoje com tanto para escrever e tão pouca coragem para o fazer.

Perguntou-me por que razão lhe dizia que tinha ajudado a puxar o gatilho.

E se tivesse? Faria diferença? Deixaria eu de ser a mesma pessoa? O meu avô destruiu uma família inteira, como um regime totalitário ou uma Religião pode destruir uma Civilização, e ninguém fez nada. Caiu quando tinha de cair.

A família desejou que ele mudasse, depois apenas que parasse, sei lá, que parasse de casar, de nos submeter às suas mulheres, às maluqueiras destas, etc. etc. etc., que travasse a sua louca irmã, enfim, depois apenas que desaparecesse das nossas vidas, que nos deixasse em paz. Não aconteceu. Aquele que nos devia ter protegido envenenou-nos, moldou ira e destruição; só caiu quando tinha de cair. E se tivesse ajudado a puxar o gatilho? E se tivesse sido premido mais cedo? Quantas vidas se teriam poupado?

...O que fazer quando uma cobra se aproxima de nós? Cortar-lhe a cabeça ou dar-lhe o benefício da dúvida? Afinal não é responsabilidade sua rastejar, é o seu destino, e, se calhar, nem vai morder...

(...)

Olho para as nossas vidas, para as nossas famílias, para a nossa Civilização... e parece-me que andamos todos entre o não querer fazer da vingança uma forma de vida e o deixar que a mesma cobra nos morda, repetidamente. Chamamos a isso o dom do perdão, para esconder a nossa cobardia. Para esconder que não fazemos a mínima ideia sobre onde é que fica, entre um extremo e outro, o lugar da Justiça. Para esconder que nos perdemos e que estamos à mercê de quem nos quiser levar.

Sim, há-de o medo fazer os dias. Repito, hão-de os velhos fantasmas levantar-se porque o Homem comum, que tem medo e está só, não sabe que não é a ausência de fronteiras e o Deus dos outros que provoca a morte, mas sim os machos alfa de cada família e os homens-elite que colocamos na Res pública, aqueles que elevaram a Deus o medo, o dinheiro e a ganância.

Há-de o Homem comum confundir ainda mais Deus com Religião, e respeito com totalitarismo. Há-de o Homem comum na sua aflição, tão sozinho, preferir ter pouco pai a Pai nenhum.

Foi sempre o medo, escondido nas saias da Ordem ou da Religião, que matou a Ciência, a Verdade, a Filosofia. E foi sempre a generosidade de alguns, reconhecida pelos moribundos e pelos que o iriam ser, apenas nos limites da condição humana, que as ressuscitou.

Mas o Homem tem memória curta e quando se reergue, entre promessas do que será diferente, acaba a tropeçar, uma e outra vez, nas conveniências... tidas como uma expressão da Democracia, da tolerância, da flexibilidade.

... Ocorre-me escrever, porém, que um Homem de memória curta há-de sempre perecer de joelhos, perante aquele que tem dentro de si: Deus. Deus? Sim, o Tempo, a Verdade, a Ciência, a Filosofia.

Deus não é Religião. É Filosofia.

É a capacidade de questionar, de não obedecer, de ser livre, de acreditar, de levantar hipóteses e sorrir.

Quando, em roupas caras e em belos mercedes, dizemos aos nossos empregados que não lhes podemos pagar mais, e depois contratamos o filho imberbe do amigo a peso de ouro, que estamos nós a fazer? Quando é o imberbe que, sem qualquer experiência, vai chefiar pouco depois gente que sabe mais do que ele, que estamos nós a fazer? Quando, à excepção dos filhos dos nossos amigos, varremos uma sociedade a precariedade, enquanto num banco "perto de si" se desviam milhões, que estamos nós a fazer? Quando o poder político assobia para o lado e o padre na igreja mais não diz do que "temos de ter esperança", esperança?, que estamos nós a fazer? E quando todos nós somos coniventes com isto, que estamos nós a fazer?

...Já ouvi quem a tudo isto, colocado de outra forma, pois claro, chamasse de meritocracia.

Surpreendamo-nos muito, deveras, pois, quando, com tanta meritocracia, todos os putos ocidentais acabarem com explosivos à cintura. Surpreendamo-nos depois com o resto.

Não me apetece escrever mais. A casa cheira a alfazema.

Quero fechar o diário e adormecer com este cheiro. Retê-lo.

A memória, é sempre a memória... ou a falta dela.

A memória, é sempre a memória... ou a falta dela.

Pedaços do dia, da vida, dos desejos...é isto o diário de um Homem, deste homem. Hoje, na rua, aqui perto, duas velhotas quase que se pegaram à porrada, "tens a mania que és perfeita", "olha, não sou, mas ao menos tento ser correcta", esgrimiam. E um ancião sentado numa das soleiras sorria, matreiro, morto que o caldo entornasse. Sem grandes detenças, atirou para uma delas: "ela é que te deu Mariazinha, o pobo é que a sabe".

O pobo sabe-a, já o povo...

Ficou-me a frase da velhota, a do tentar ser correcta. Com aquela idade atirar semelhante sentença é de coragem, ou então estava mesmo fodida, que sempre as dores do Mundo doem mais quando doem directamente no nosso pé. Tentar ser correcta...

... A Zulmira andou para aqui em silêncio a orientar a casa, o ex-marido lá fora a trabalhar no campo, o puto sempre agarrado a mim depois da escola. São assim os dias. Cada um com o seu papel, cada um no seu quadrado. Agora ela está na minha cama, eu aqui a escrever e o catraio ali deitado no sofá. A casa dos caseiros vazia. É de conhecimento da vizinhança que Zulmira é agora minha mulher, trabalha para mim e é minha mulher. Está na hora de ir ao Alentejo falar com a Maria Leonor.

Acabaram 40 anos de casamento. Tarde de mais.

Andou o dia todo em silêncio a Trigueirinha. É calada, mas agora ainda anda mais, a remoer aquilo que lhe contei do meu avô. Matei ou não o velho? Sou ou não um assassino? Um assassino que pagou pelo crime antes de o cometer, quem sabe...

Quem sou eu, afinal?

Deve lembrar-se do dia em que, num ataque de ira, em frente à aldeia, dei com um cinto nas costas do tirano que segundos antes fustigava o couro da filha. Deve estar assustada. Junta isso a tudo o que ouviu, e ainda a minha mudez, e não sabe quem tem.

Mas no que penso mesmo é na frase da idosa, "...mas tento ser correcta". É o quê, ser correcto? A memória de um velho é lixada, não lembra muito do que fez nas últimas 48 horas, mas nada do que viveu, viu e ouviu antes disso esquece...

Ai Zulmira, deixa-me falar-te de mim. Deixa-me contar-te por onde andei, fazer-te o resumo de uma vida em 20 linhas e avançar. Ou seja, foder muito, que a vida já me começa a escapar. Que dizes Trigueirinha?

Amanhã vou à escola porque o puto diz que anda lá um parvalhão a moer-lhe o juízo. Parece que a tua conversa com a professora não adiantou. Vou lá buscar o fedelho e, como quem não quer nada, quando o outro sair, passo-lhe uma rasteira. Quando estiver com o nariz no chão, ofereço-lhe o braço e ajuda, para lhe dizer ao ouvido que não volta a picar os miolos do meu. Tudo com um sorriso nos dentes.

Mas o teu puto é destemido. Hoje chegou-me aqui com a cara toda arranhada, "ele bateu-me e eu dei-lhe de volta". Ri. Não consegui dizer que tem que virar as costas, ser superior, e essas merdas que inventamos e sabemos não serem verdadeiras. "Fizeste bem", disse. O gajo riu de volta.

Agora vou pegar nele, pô-lo a dormir. O estupor julga que sou pai dele e eu cada vez mais julgo que o estupor é meu filho. Diz que quer andar no side-car. Não lhe chegam os banhos de tanque. Nem sei o que faça, se deixe a Maria Leonor ficar com esta mota, ou se fique eu com ela. As casas são minhas, todas, mas ela pode continuar a morar na do Alentejo. E agora eu, por causa de uma mulher, tu, Trigueirinha, volto aqui, à terra esquecida... Que escrita diabólica tem sido a de Deus.

Ai Zulmira, deixa-me falar-te de mim. Depressinha. Da infância, das mortes: da mãe, do Coelho, da irmã, da tia velha, do avô; das esposas, as duas com que vivi na mesma casa durante anos; dos filhos, dos amigos que restaram, do trabalho, das traições, das viagens, do Mundo, dos livros. Da merda que fiz, da dor que semeei. Da reclusão. Resumir tudo em 20 linhas.

Tão curta me parece a vida... um sopro. Cumpri as minhas responsabilidades, isso sim. E amei, isso também. Levanto-me e vou aos teus braços, morro aí, pode ser? Esqueço tudo, faleço só como sempre estive, nu como vim ao Mundo, mas nos teus braços. Pode ser?

Querida Zulmira:

Escrevo-te do meu diário, este lugar tranquilo para onde sempre venho noite adentro.

Foi hábito que me ficou da infância. Quando acabavam as discussões e se apaziguavam os ânimos, começava eu a viver. Era nestas horas lunares, Trigueirinha, que me refazia. Assim se fez vício. Foi o viver de noite que me escudou da morte... e o que ela me visitava, acreditando que eu dormia só porque tinha os olhos fechados. Sempre a senti chegar e rondar. Só dela terás que ter ciúmes.

Escrevo-te deste lugar onde sou inteiro, por amputados que fiquemos sempre.

E escrevo-te para te contar, meu amor, da minha saudade. Zulmira, escrevo ainda do Alentejo, desta terra de amarelo torrado a perder de vista, e de gente dura por fora e leal por dentro. Lembro-me, a propósito, de um dia em que trouxe os putos aqui, numa altura em que ainda morava na cidade, e de o meu filho, durante a viagem, ter dito que tinha ouvido dizer que os alentejanos não acreditavam em Deus, que no Norte se acreditava mais. Jamais esquecerei a resposta que a irmã lhe deu: "Se a terra aqui fosse tão verde como no Norte, eles aqui também acreditariam mais. Como Deus os trata de forma diferente, eles também tratam Deus de forma diferente, percebes?" Eu ia a conduzir e estava a beber um gole de água que podia ter sido fatal, porque me engasguei. Foi de tal maneira que o carro saiu da estrada. Fiquei perplexo com a resposta. Parecia que a miúda tinha sido abduzida e ali estava um clone.

A catraia ensinava-me perspectiva. Perspectiva. O ponto de vista. A forma como vemos o Mundo do sítio onde estamos e como não podemos escapar a isso... ao sítio onde estamos.

Os meus filhos...

... eram eles a preocupação maior, Zulmira. Não era só chegar aqui e dizer "acabou o casamento". Sim, não são criancinhas, são adultos, mas, para um pai, a hipótese de perder o carinho dos filhos é o maior dos medos. Não é medo, é terror. A psicanálise diz que os filhos devem, a dada altura, matar os pais, que é como quem diz que devem viver sem olhar para trás, sem necessidade constante de se afirmarem perante eles. Num certo sentido, os pais também são filhos dos filhos, porque também dependem da sua aprovação.

A liberdade implica crescer até ao ponto onde doem todos os ossos.

Já os imaginava a perguntarem-me o que iria ser da mãe, a dizerem que eu estava numa crise de meia idade, a ser egoísta, enfim, a debitarem os lugares comuns do costume, a atirarem-me com todo o seu pragmatismo colado a cuspo. Já imaginava as palavras amargas trocadas com a Maria Leonor. Ela a chamar-me de cão raivoso e eu a chamá-la de lírica patética, na melhor da hipóteses. Enfim, 40 anos dos quais removeríamos as coisas boas, e só enfatizaríamos o mau, o que nos levou à separação. A justificação. O que interessaria era justificarmonos. Cada um como se estivesse a defender a própria vida. E eu disposto a tudo, "ficas com esta casa, com uma mesada, com o diabo, mas não me chateias e não dizes mal de mim aos meus filhos", e ela a chorar, a gritar, e a sacar mais e mais, como único remédio para aliviar a rejeição.

Não me cabia um feijão no cu, Zulmira. Mas nada do que imaginei aconteceu. Francamente, até acho que foi ela que se separou de mim. Quando cheguei, tinha-os todos cá em casa. Estava a Maria Leonor e estavam os filhos, porque souberam que eu viria e quiseram estar comigo, pelo visto a conversa telefónica semanal não lhes chega. Conversamos horas até ao jantar, jantamos e depois, antes de se recolherem, recebi um abraço. O rapaz disse-me que esperava que corresse bem. "O quê?", perguntei eu, e ele disse-me que sabia por que estava eu ali.

Ficamos finalmente sós, eu e a Maria Leonor. 40 anos, frente a frente, ver-me no fundo dos seus olhos, e vê-la nos meus lá dentro dos dela. Se focássemos só o olhar, era o espelho. De repente, Zulmira, foi tudo, a dor, a tristeza, a memória, as lutas, tantas, entre discussões violentíssimas e noites de paixão, o sorriso, o sorriso. Uma vida inteira. Afogo-me nela e ela em mim, vamos ao fundo e fica tudo negro, e é no inferno da escuridão, no desapego, na rendição, que resgatamos a paz e voltamos juntos. Salvamo-nos. Libertamo-nos.

Ela tem-me, não precisa de mim. E eu tenho-a, não preciso dela. Juntos somos gente a mais.

... "Criamos duas belas pessoas", começou. "Sim", disse. "Vamos fazer ao contrário, Watson?", "Como assim?", "Começo eu", "ok", respondi. "Sim, Watson, o que seria de mim se não fosse a tua raiva? A tirania da tua razão? Sim, tu obrigavas-me a levantar, a tomar os comprimidos, a seguir em frente; e se, em determinada altura, eu tomava banho gelado de vez em quando, dadas as dificuldades, tu tomava-lo todos os dias. Obrigada", disse-me. "Sim, Maria Leonor, a minha raiva e a minha tirania da razão estariam atrás das grades, não fosses tu a aliviá-las. Sim, teria matado alguém, não fosse a tua generosidade que tantas vezes desprezei, não fosse o teu entendimento de que cada um carrega uma cruz. Obrigado", retorqui."Obrigada pelos nossos filhos", "obrigado pelos nossos filhos".

... "Watson, eu anulo o que de bom tens, eu sou uma hipérbole, um sonho, um ideal. Uma não existência, portanto. Carrega o que de mim sempre tiveste e deixa o exagero no devido lugar", acrescentou.

"O que é isto, civismo?", ironizei. "Não, sobrevivência", concluiu.

O resto Zulmira, fica entre mim e ela. Doem-me os ossos todos. Saudades tuas.

Há muito que não me sentava neste alpendre ou que tomava banho no chuveiro aqui de fora. O fim de tarde a escaldar. Infinito Alentejo.

Terra da escassez e da dureza, onde de coentros, pão duro e água se faz deliciosa sopa que aquece estômago e alma; de onde das fraquezas se fazem forças com a dignidade do ar da realeza. Jamais submissa. Onde tudo se divide e o vagar se faz da profundidade dos que sabem que a sorte não é igual para todos e que a terra não dá o mesmo a quem o mesmo semeia. E onde Deus está nos pormenores, na bondade, no ovo ou no copo de farinha que se arranja à vizinha, não nos discursos de homens de saias que vendem aos pobres esperança e paciência com a barriga cheia. Desses que de um púlpito qualquer difamam a ganância e falam em generosidade, mas não se importam de amealhar à conta dos esfaimados e de reclamarem para si regras e leis distintas, defendendo em entrelinhas bem compostas o "respeitinho" e o "medinho" para manter "cada macaco no seu galho". Homens de saias, vendilhões, que se arrogam ao direito de falar em nome de Deus, de querer controlar os destinos, os impostos, e tudo o resto, de um Estado que é laico; que metem o nariz na intimidade das famílias. Que se aproveitam de um país cuja crise pôs a andar para trás.

Alentejo, terra de gente brava, que não engravida pelos ouvidos. Terra de gente modesta que acolheu este filho de gente rica que aqui chegou mais pobre que o chapéu de um pobre, mais desfeito que trigo moído. Gente que não pergunta de onde vens e para onde vais, porque, no limite, vimos e vamos todos para o mesmo lugar.

Alentejo, meu Alentejo, como deixar-te? Quanta saudade...

Daqui a uns dias vou para cima, para o Norte. A Maria Leonor anda por aí e anda leve. Deixo-lhe a mota em que vim. Afinal, era com este bicho que ela escapava, quando já não me podia aturar. Levo os livros.

Ela fica cá e aqui poderá viver como e com quem quiser; e Aqui virei quando me aprouver, assim ficou combinado.

Acabo mais esta folha do diário com uma frase do meu querido Raduan Nassar, que fazia tempo que a ele não regressava. É "requinte de saciados testar a virtude da paciência com a fome de terceiros".

A estrada, tudo o que anda para trás, a vida a passar pelos olhos, a correr frenética para trás. E o pássaro negro que pousou no peito e me acompanhou a viagem toda. Raduan, baptizei-o de Raduan, o pássaro negro que me me levou nas suas asas até onde o Tempo abre portais e portais e nos leva ao princípio, ao contrato, ao instante onde o Destino se mostra sem equívocos e diz "quem manda sou eu".

O meu Destino é ver os outros morrerem. Que sorte ser o único sobrevivente... daquele acidente de avião, daquele terramoto, do barco que virou, do acidente de carro. "Tiveste sorte." "Que sorte?"... Indago-me sobre onde estará a tão invejada sorte em ver morrer os que amamos, em não poder salvá-los, em ver desgraça pelo Mundo, em ir ficando só, andando, sobrando. E respondo que pode, sim, e assim, a "sorte" e a vida serem castigo. Não imagino, aliás, pior maldição do que viver... para sempre. O sufoco, a prisão, a absoluta e escura solidão.

A estrada, tudo o que anda para trás. A viagem para o Norte. A vida a passar pelos olhos. Tudo. O Mundo numa só vida, em cada vida deste planeta perdido sabe-se lá onde. O tudo em todas as coisas. Não foram só os meus que vi morrer. Foram outros também. Lentamente. Nos tempos da ONG. Uns em terras de ninguém, outros em terras de gente fina. O olhar do fim é sempre o mesmo, vazio, mostrando um corpo cujo ânimo se vai e se dobra à fome ou à dor, como um saco vazio se dobra ao vento.

Pela memória passam-me os olhos arregalados, mas já sem nada, de uma mulher num hospital africano, no cu do Mundo, que esperou pela morte, por causa de um aborto, sem que nada pudesse ser feito. Porque não havia nada, nada sequer que lhe pudesse ser dado para aliviar a dor. Estava ali, numa espécie de maca desengonçada, à espera de misericórdia divina. Nem um lençol por cima para aconchegar. Estava ali, o corpo quieto, a arrancar apenas as últimas inspirações e expirações, enquanto eu fazia perguntas e mais perguntas, sobre isto e aquilo, para depois fazer relatórios e o Mundo dos ricos poder fingir que só assim fica a saber o que se passa no Mundo dos pobres...

Enquanto eu fazia relatórios e revelava ao Mundo a pobreza, para ficar de bem com a minha consciência e ir depois encher o bandulho, sabendo que a qualquer momento, por pior que vivesse, podia apanhar um avião e sair dali para fora.

Também lembro os sem-abrigo no país dos ricos. A baixa de uma das cidades mais conhecidas do Mundo, das grandes estrelas de cinema, repleta de sem-abrigo. O homem dos livros, devorava-os, que não se importava de ser fotografado, questionado. O olhar dele. Ele é que tinha pena de mim. A mulher que tricotava casacos para o gato, enquanto pedia esmola; a rapariga suja e fétida, de dentes podres, drogada, que queria ser modelo. A sopa que eu lhes dava, as fotografias que tirava, as histórias que ouvia. A morte que via. Os relatórios que escrevia, as fichas que preenchia.

Não, nada supera a sorte. Nem beleza, nem dinheiro, nem poder, porque tudo isso depende da sorte. É, nada supera a sorte: o sítio onde nasces, o Destino que trazes. Se me perguntarem o que quero, respondo: sorte.

Sorte... a esta palavra hei-de voltar outra vez, mas hoje estou estourado, fiz uma viagem de centenas de quilómetros. Por fora e por dentro.

Sorte... Pelo seu reconhecimento talvez, ainda que dele nem sempre tenhamos consciência, temos assim moderada compaixão pelos que sofrem. Mas os que sofrem fariam mal ao próximo, se tivessem nascido no lugar dos outros? A maioria, sim. Efectivamente ou passivamente, por acção ou omissão, a maioria sim. Seria exactamente igual, mas com os lugares trocados. É sempre a mesma história. O velho Camus: "O homem é sempre o mesmo", ou coisa parecida.

Nada, por isto mesmo, me comove mais do que a bondade. A verdadeira, aquela que na maior parte das vezes só vemos no olhar de um cão.

Finalmente jogo os ossos na cama, os livros estão em caixotes, e assalta-me a forte intuição de que estou a ter uma 'bad trip'. Comprei esta merda numa tasca velha durante a viagem, dei uns bafos há pouco, e agora sou uma gaja. Felizmente, não estou com o período ou em ovulação.

Não consigo escrever. Tenho mamas e sou pequena. Sou o charme do Al Pacino mas com mamas. E só me apetece escrever sobre Noam Chomsky. Sou uma gaja, tenho mamas, posso apalpá-las sem ter de pedir permissão, mas apetece-me escrever sobre o Chomsky. Sobre aquilo de distrair a malta, tipo mandá-la escrever sobre acidentes, homicídios e pobrezinhos, enquanto uns poucos roubam milhões, os primos dos nossos primos, porque num sentido bíblico (e até científico) somos todos da mesma família. Sobre aquilo de fazer merda em grande escala e depois lixar a malta em grande escala também, fazendo de conta que estamos a solucionar a cagada que criamos, tipo 'eu gamei, mas tu perdes o emprego'. De aplicar a solução às pinguinhas, para os números de sumir crescerem devagarinho; sobre a forma generosa de informar sobre as soluções, porque há alturas na vida em que temos todos cinco anos; sobre o uso do medo e das ameaças veladas; de como, além disto, pouco se acrescenta; de como a culpa entra neste jogo; e de como reconhecemos os filhos da puta que somos.

Encontro-me mulher, pequenina, maneirinha, com mamas, e, em vez de ir explorar este universo pelo lado de dentro, aproveitar esta oportunidade rara, apetece-me escrever sobre como criamos dois mundos, o dos ricos que tolera uma classe média para não ter que levar com o pivete dos pobres; e o mundo dos pobres que fica lá longe. E sobre como há mesmo uma linha que os separa. Em cima, os ricos, em baixo os pobres, que havemos de mandar embora a pontapé, seja como for. De como tudo isso se fabrica diariamente, ao nosso lado, sem que o percebamos. Ou talvez sim, mas fazendo de conta que não, desde que vá pingando para o nosso lado. Basta-nos que pingue; e o silêncio compra-se com pouco.

À memória os 20 anos na multinacional. Conteúdos. Aparentemente, também eu criava conteúdos. É assim que lhe chamam: conteúdos. Basicamente, merda para distrair os que muito mal sabem ler e não aguentam a solidão do metro. Aparentemente, também eu criava conteúdos, é assim que chamam ao jornalismo hoje. Mas, na verdade, passava horas a analisar informações para aqueles que realmente me pagavam como deve de ser, e mesmo assim as dificuldades foram muitas durante a infância dos meus putos, porque era só eu a ganhar e a Maria Leonor levava fortunas em medicação. Tudo me passou pelas mãos, todas as ligações, as mais inverosímeis. Tudo me passou pelas mãos, até me fartar, até estar completamente intoxicado, até cumprir o que tinha para cumprir e me permitirem sair.

Fui salvar pobrezinhos, uns na parte de baixo do Mundo, outros na parte de cima; fui ter a certeza de que se há poucos, muito poucos, que salvam vidas porque nasceram bons, genuinamente bons, a maioria não presta, e além de não prestar é burra. Porque acha que o que faz é mesmo muito importante.

Lembro partes da minha vida de homem neste corpo que hoje é de mulher. Queria tanto escrever, mas não consigo fazê-lo como deve ser. A cada linha, começo a ver cornucópias, cada vez maiores e mais coloridas. E nem sei onde e como escrevo, pois se os ossos estão jogados na cama... Estarei em dois sítios ao mesmo tempo? Será isto a mecânica quântica? Ou apenas o efeito dos bafos?

A Zulmira põe-me as mãos na barriga. Suavemente, insinua as suas pernas nas minhas. Como dizer-lhe que hoje sou gaja, que só vejo cornucópias, que não consigo levantar um dedo?

...Mas cá de mim para mim, de gajo para gaja, não fosse assustá-la, até era capaz de experimentar...

Acordei com o pequeno perguntante deitado ao meu lado, "Oshen, o meu pai batia na minha mãe". Assim, à papo-seco. Abri o braço esquerdo, onde ele colocou a cabeça, e fechei-o depois com ele lá dentro. Nem mais uma palavra.

Assim, à papo-seco, manhã acabada de se raiar, a vida levou-me para o lugar onde eu, homem feito, homem velho, pude ver o menino que fui. Nunca fui filho. Fui pai, um bom pai, quero acreditar. E assim serei para este catraio, porque na medida em que detesto adultos, amo profundamente crianças. A Essência antes da estupidez a que é submetida. Não que seja delicodoce. Não sou. Não que acredite que nascemos anjinhos. Não acredito. Não que seja muito paciente com a canalha. Também não sou.

Mas na medida do que não recebi, darei. Porque dar a ele, é dar ao menino que fui, que anda tão longe e sempre tão perto. Este viu o pai bater na mãe. Também eu vi. Sou filho de um sociopata. De um homem mau. Que tudo e todos precisava controlar, que manipulava, sedutor com os de fora, desde que dali pudesse colher dividendos, e agressivo com os de dentro; que não tinha qualquer compaixão pelas dores dos demais, porque só o que ele queria importava. Que nunca se lembrava do que os outros contavam, porque, no fundo, pouco lhe importava o que contavam. Se lhe fizessem um reparo, voltava a fazer o mesmo, só para irritar, só para testar o seu Poder. De uma pequenez atroz. Digno de pena. Quando a minha mãe morreu, logo emigrou. Apesar de muito novinho, recordo o suficiente, gestos, esgares, palavras, para traçar este retrato sem qualquer remorso. Nunca mandou uma carta, dinheiro, nunca quis saber. À sua pessoa nem mais uma linha deste diário dedicarei.

Ficou o meu avô connosco, doido e egoísta; que casou, depois da minha avó, mais três vezes. Pouco conversava, não sabia abraçar, não queria saber dos nossos problemas, mas não nos abandonou, não faltou com nada, trabalhador incansável. Organizado, disciplinado, treinou-nos para não sucumbirmos à fúria silenciosa de alpinistas. Só não sabia abraçar. Apenas uma vez teve sorte no afecto, e foi mesmo sorte, a medir pelo que estava para trás. Foi com a sua quarta esposa, a nossa terceira "avódrasta", alentejana de gema, dona de admiráveis contrastes que nos ensinaram a tolerância, pois da mesma forma que era domada, não raras vezes, por uma melancolia tétrica, também dava sonoras gargalhadas que vinham de todos os recantos do Ser. E não, não era bipolar, que naquele tempo ainda não se tinham inventado os nomes feios de hoje para tudo o que foge ao estereótipo, à mesmice.

A nossa mãe morreu, levamos com a tia velha, com o avô, com a sua primeira maluca, depois com a segunda, e eu ainda voltei a levar com a primeira, já após a segunda, numas férias de Verão. O Verão do Eça. Depois lá fui para a residência dos universitários, ainda mal largado das fraldas, onde por eles fui acolhido, e, entretanto, o avô casou com esta alentejana. No dia daquele casamento, acabaram-se, para mim e para a minha irmã Ica, dez anos de inferno. Sem saber, a alentejana nutriu-me a sanidade que restava, fazendo crescer o pouco que sou, que serviu, pelo menos, para amar os meus filhos e só por eles ter resistido nas vezes em que pensei dar um tiro nos cornos, ou espetar-me com a mota numa curva.

Ali estava o meu pequenino perguntante, a obrigar-me a tamanha viagem, antes mesmo de me levantar.

...Ver um pai bater na mãe, a subjugar, a exercer Poder, é perceber cedo de mais que a Vida é a lei do mais forte. Ninguém deveria perceber tão cedo que a Vida é tão frágil, tão dura. Tão má.

... Ver um pai bater na mãe também é ficar órfão.

Os calos das minhas mãos espantaram uma pobre mulher da aldeia que andava por cá a ajudar. "Um homem com tantos estudos...", comentou. Bem que reparei que ela me olhava com persistência as patorras, quando pegava nos cestos das uvas que iam para a adega. "Gosto da terra, como de livros", atalhei. Estamos nas vindimas outra vez, como o tempo passa.

"Há quem diga por aqui que você é o Diabo."

Gosto de enterrar os pés na terra, de esmigalhar os torrões e ver o pó a sair entre os dedos, de subir às árvores e fazer sestas num tronco, da nadar nu no riacho, de me deitar nu na rede. Gosto do trabalho que me mói os ossos e me deixa revigorado depois de um banho de água gelada. Se bem que a estes banhos habituei-me na cidade, no tempo das angústias, que é como diz quando contava tostões. Gosto de abrir um buraco na terra e gritar lá para dentro.

"Sou, sou o Diabo."

Um capeta desbocado, filho rebelde da lavoura, da terra que não mente. E por falar nisso, a falta de vergonha que anda por este país, é ligar a televisão ou ler os jornais. Andou a nossa elite jornalística deveras preocupada com um tal de imposto sobre o património que, atingindo 1% da população, seria, bradaram, um vigoroso ataque à classe média... Foi vê-los a botar faladura na TV ou nos editoriais dos jornais. Lá que falaram, falaram. Pena apenas pela retórica, tão mal construída, desta nossa elite a cheirar a catinga de capataz, cantando a voz do dono que jamais aparece (lá dizia o outro: quando souberes o nome do chefe, é porque não sabes quem é o chefe). Tanto "banqueiro" a querer convencer que é anarquista, mas sem saber como, que isto de dominar a palavra não é para todos. Parece que não é só juntar sujeito e verbo sem colocar uma vírgula no meio. Parece que é preciso palavra recta. Não ter medo.

Mas medo é o que mais pulula. E cheira. Cheira a merda.

Assim vai o 4º poder, uma gigantesca anedota, onde outrora convictos defensores do Estado Social passam a viris neo-liberais, usando os argumentos que mais convêm, quando se sentam em determinadas cadeiras, sendo o problema das cadeiras, seguramente. São metamorfoses maiores que as de Gregório Samsa, que esse apesar de ter acordado barata, não perdeu a essência. Ainda assim, não deixa de ser kafkiano. Mas, lá diz a New Age, território de onde brotou a moderna filosofia Zen (???), é preciso aceitar a mudança... Pois claro.

É, bem que me repito neste meu diário, mas não me canso de dizer que bem fez o outro, que se fartou de porcos e foi criar galinhas.

Hoje foi dia de vindimar. O puto apanhou os bagos que caíam dos cachos, bem queria uma tesoura e subir as escadas para cortar as uvas, mas não deixei. "Começas por apanhar bagos, que é para aprenderes quanto custa cada um."

Espevitado, de peito inchado, bem que praguejou baixinho...

Quando o meu avô casou com a alentejana, eu já vivia na residência universitária, apesar de ainda muito verde. O Patriarca acabou a comissão, voltou aqui ao Norte; e eu passei a vir a casa aos fins-de-semana. Gostava. Gostava da mulher dele. A tia velha é que continuava a rosnar pelos cantos e a infernizar ouvidos alheios. Em Setembro, eu e a Ica trazíamos amigos para a vindima... e também ontem a casa estava cheia. Eu, os meus filhos, a Zulmira, o rapaz, as pessoas da aldeia para ajudarem, até o padre apareceu para comer ao final do dia. "Que queres Serafim?", "ver a tua carantonha de mau feitio, Watson".

Poda-se em Janeiro, e quando o sol começa a aquecer os ossos, na Primavera, começam os cachos a dar o ar de graça; a cor vem no Verão, e a vindima no Outono, com a diversão. Era uma festa quando era miúdo, e foi uma festa agora. Quando os pés dos cachos se adivinham murchos, e os seus bagos se adivinham para breve como as caras das velhas, cortam-se cuidadosamente das videiras. Lembro-me bem quando o meu avô as plantou. Muitas morreram nos tempos do silêncio, nos tempos em que a terra mostrava a tempestade que por aqui passou. Outras no lugar daquelas se plantaram. Porque daquilo que morre, sempre algo nasce, e porque nos segredos do húmus está também a mensagem de Saturno, senhor de Cronos.

Fizemos o lanche a meio da manhã e o almoço prolongado, soltaram-se as palavras e o riso. A Zulmira a olhar para mim. Só não se pisaram as uvas ao anoitecer, como se fazia no tempo do avô. Mas fez-se um belo repasto na mesma, e alguém colocou música até ao final da noite. Mais gente chegou e no meio o Serafim. Regressei a tempos idos, vi tudo de cima, vi a minha vida em câmara lenta, a preto e branco, tal e qual um bom clichê.

Vi-me adolescente a chegar aqui aos fins-de-semana, de malas e resmas de papel jamais lidas, e a fazer o mesmo pelos oito anos seguintes até acabar liceu e universidade. Vi as namoradas. Vi-me a começar a trabalhar na cidade aos 22, e a casar aos 24. Vi-me pai, vi-me a trabalhar. As desventuras pelo caminho. As muitas viagens, as muitas paragens. O sítio onde cheguei. Faço 65 anos daqui a um par de meses.

...Vejo-me na mesa com esta gente toda e já cá não está a Ica, nem o avô, a tia velha também não, mas essa faz tanta falta como a viola num enterro; também não está nenhuma das avódrastas, tampouco a Maria Leonor. Já passou. Já tudo passou. Na cabeceira da mesa estou eu, sou eu agora o Patriarca. Cronos.

À minha direita senta-se o pequeno perguntante, ainda não refeito de ter apanhado "apenas bagos". "Apenas bagos, Oshen?"

Resto eu. Vence daquele que permanece o quê? O quê deste saturnino com coração jupiteriano? Que oposição ou quadratura resta? Quem segurará a arma que levei à têmpora de meu Patriarca? Que fúria minha sagitariana me levará, novamente, a Tártaro? E adiantará? Não é o senhor do Tempo, o senhor do Tempo?

À minha direita senta-se o pequeno perguntante.

E a casa tem as portas todas abertas. O ar circula livremente por toda ela, como por dentro de mim.

Um pesadelo. Mais um. Um aperto no peito tranca-me a voz. A noite tem aquele silêncio suspeito que antecipa as tragédias.

Uma garagem com paredes de resmas de papel atadas a cordel que se fechavam sobre mim. O grito que não saía. Um estranho que entrava pelo fino corredor que as paredes deixavam e apertava o meu pescoço.

Tanto tempo volvido e ainda tenho pesadelos, ainda sinto o medo de ser apanhado. Foram horas e anos a analisar e a passar informação, a blindar-me, anos de uma vida completamente dupla, num sítio desprezível, que era só um pequenino exemplo das razões pelas quais o Mundo está como está.

... nunca soube, na plenitude, como era usada a informação que passava, mas vi alguns dos nomes que coleccionei a serem investigados, e alguns, poucos, a terem o tratamento merecido. Não fazia perguntas, obedecia, cumpria uma missão. "Watson, tudo o que conseguires sobre fulano tal", "Watson, tenta perceber que ligação tem sicrano a beltrano". Sim senhor. Fi-lo de forma implacável. Dos vinte anos que ali trabalhei, aparentemente a produzir conteúdos, quinze foram em duplicidade. Completamente blindado, até começar a ficar farto e propositadamente distraído. Até me permitirem sair. Era bem pago, lá isso era, mas não podia mexer no dinheiro. Quando estava mesmo muito aflito pedia ao amigo Thomas que me fizesse "empréstimo". Nem a Maria Leonor sabia. E agora também não está cá para ler o diário, faceta incauta deste que mal fala enquanto o sol raia.

A Zulmira dorme, tranquila, as ancas pronunciadas, linda. A noite vai-me ficando mais calma no peito. Mas agora que escrevo sobre esses tempos, atento na palavra "dupla" e penso na importância que o número dois tem tido na minha vida. Dois filhos, duas mulheres, que chegaram a viver comigo ao mesmo tempo, devido aos ímpetos salvadores de sua excelência senhora dona Maria Leonor. Sempre duas casas, duas profissões em simultâneo por quase duas décadas; duas contas bancárias, uma visível, outra não. Dois bolsos vazios... até à segunda metade da vida.

Muito pó comi. No meio de tanto, gostei de dar aulas depois, de ser professor. Isso sim. Por falar em aulas, amanhã tenho de ajudar o puto com um trabalho para a escola. O pai dele anda a rondar a casa. Continua a trabalhar no campo, não tinha por que o despedir, mas já por duas vezes o vi aqui perto da entrada. Abeirei-em da porta e puxei de um cigarro. Foi suficiente. Quererá falar com a Zulmira. Não tenho nada com isso. Com o catraio a relação é quase inexistente, é mais distante do que era o meu avô, cuja frieza terá tido em mim os seus efeitos, mas à minha irmã matou. Não sei por que me lembro dela agora.

... a noite vai alta e uma página em branco sempre seduz. A insónia é bom pretexto, e se for para a cama não vou deixar a mulher em paz. Hoje fizemos amor debaixo da figueira, a terra húmida, os ramos a desenharem espaços de luz e sombra... de sagrado e profano.

Disse-me que está a preparar uma festa para o meu aniversário, diz que se sente feliz, que quer fazer um jantar debaixo das ramadas, que quer que chame os filhos, o padre, os vizinhos que ajudaram na vindima. Refutei, falei da minha necessidade de silêncio, de como sou avesso a essas coisas, de como detesto festas só porque sim, do triste estado do Mundo, das ratazanas que começam a sair das tocas, de Camus, da peste a regressar, do Medo, de como tudo isso me leva horas em reflexão, enfim, de tudo para justificar a minha impaciência para com a vidinha.

Desapiedada respondeu: "O Mundo, Camus, a peste... Que peste, Watson? Eu quero que a peste se foda, Watson."

Passaram três meses. Chove e parece que tudo se lava: a noite, o dia, as almas, o sangue, a festa. A festa...

Caras que nunca antes tinha visto.

As mulheres de "mise" nova, entre abraços e festinhas, a olharem de ladeiro as roupas e os sapatos das outras; os homens em grupos a dizerem parvoeiras, como moços pequenos vestidos de gente grande; a mesa farta que se vai compondo. As conversas paralelas, os risinhos patéticos e estridentes; e os risos vindos lá do fundo, cheios de vida. A feirinha das vaidades: o meu filho tem isto, o meu é melhor do que o teu, o meu carro é bestial, e o meu computador, foda-se, é a última das maravilhas. Somos todos os maiores, até um se lembrar de dizer que teve caganeira na noite anterior e, de repente, somos todos uns desgraçadinhos, vítimas da mais terrífica caganeira do Mundo e arredores.

Agarro-me ao pé, cheio de dores, por causa de uma pisadela de salto agulha, quando pelo portão do campo entra a Maria Leonor. Traz os filhos, mas ela é a mais bonita. Aceitou o convite da Zulmira, que a foi buscar, beijinho, beijinho, e vêm as duas ao meu encontro. Eu, bendito entre as mulheres.

Deve ser esta a propalada solidariedade feminina, ensaia já a minha mente, mas não chego longe na tese, porque aparece o Serafim com as suas palmadas nas costas, deveras agradado pela festarola. Ao que parece, estou "mais sociável", e ele fica "muito contente", pois um homem "tem de pertencer" e "viver em comunidade". Quero mandá-lo à merda, mas os filhos não deixam. O Micas ri-se e com os olhos pede-me que não seja mau. A rapariga concorda com tudo o que diz o Serafim, que fica de ego convenientemente afagado. O pequeno perguntante no colo do meu mais velho. "Vês Oshen, tenho gel no cabelo".

A Maria Leonor e a Zulmira, as duas lindas. Uma mais alta e rija, a outra mais redonda e voluptuosa. As duas senhoras de si, uma a mandar na casa que já foi da outra. A que mandou cheia de cautelas, e a que manda a pedir conselhos. Estão ali as minhas mulheres.

Eu de espectador, de cada expressão, de cada gesto. Da Vida que se esconde.

A festa há-de trazer a noite. À medida que o sol se vai, as ancas libertam-se, mulheres e homens descalços dançam na terra, debaixo das ramadas, em movimentos de aproximação e afastamento, soltos, desenhando exuberâncias regadas a vinho. Muito vinho. Até o Serafim ri, colorido como uma arara, agarrado ao braço do marido do meu filho.

Eu de espectador, de cada expressão, de cada gesto. Da Vida que se esconde. Uma comédia.

Pergunto-me sobre quantos tombam lá longe às balas, enquanto estes tombam de bêbados. Quantos morrem à fome, enquanto estes enchem o bandulho.

Dou por mim a pensar que a festa que nos treina a Indiferença, é a festa que nos impede de dar um tiro nos cornos. Que a festa que nos distrai da lucidez, protege-nos da loucura.

Bebei enquanto puderdes. Celebrai o que quer que seja, porque tudo acabará, de uma forma ou de outra. Não penseis nos outros, que se fodam os outros, expiai as vossas dores de primeiro Mundo, que isso é já o bastante. Celebrai o que quer que seja, porque tudo acabará, de uma forma ou de outra. E que importa?

Assim como assim, cada um tem o seu Destino e Deus lá sabe. Venha mais um tinto.

Assim como assim, está quase perfeito, imune ao resto do Mundo.

Mas eis que entra o ex-marido da Zulmira armado de caçadeira. Um tiro para o ar, os gritos, cada um a fugir para onde calha, os sapatos que se espalham, as quedas, a aflição, as pessoas que se abraçam, as outras que se empurram, umas que dão as mãos, outras que correm sozinhas. Um segundo tiro directo ao coração da Zulmira; outro ao da Maria Leonor; um para mim; o último para ele.

De súbito, tudo muda.

Tudo fica branco. Os olhos quentes. Apaga-se a luz devagarinho. Os sons estão longe, as pernas estão dormentes e tenho vontade de sorrir. Sinto paz. Alguém me aperta a mão.

... É o pequeno perguntante. Está comigo. Já consegue dormir mais tranquilo.

Há pouco veio trazer-me um livro de Primo Levi, que procurei, ansioso.

"Vós que viveis tranquilos
nas vossas casas aquecidas,
vós que encontrais regressando à noite
comida quente e rostos amigos,

considerai se isto é um homem:
quem trabalha na lama,
quem não conhece a paz,
quem luta por meio pão,
quem morre por um sim ou por um não.
Considerai se isto é uma mulher:
sem cabelo e sem nome,
sem mais força para recordar,
vazios os olhos e frio o regaço,
como uma rã no inverno.
Meditai que isto aconteceu.
Recomendo-vos estas palavras,
esculpi-as no vosso coração,
estando em casa, andando pela rua,
ao deitar-vos e ao levantar-vos.
Repeti-as aos vossos filhos.
Ou que desmorone a vossa casa,
que a doença vos entrave,
que os vossos filhos vos virem a cara" .

About the Author

Leonor Paiva Watson nasceu no Porto a 11 de Janeiro de 1976.

Filha de pai militar habituou-se a estar sozinha desde cedo e a criar histórias para entreter o Tempo. Aos 14 anos já sabia que queria ser jornalista.

Terminado o liceu, ingressou numa universidade da capital onde fez Ciências da Comunicação/Jornalismo e regressou ao Porto. É jornalista do Jornal de Notícias há 19 anos, os últimos sete na redacção de Lisboa, cidade amada.

9 789892 084589